U0576296

向美而生

陈佳佳 著

浙江工商大学出版社·杭州

图书在版编目（CIP）数据

向美而生 / 陈佳佳著. -- 杭州：浙江工商大学出版社，2024. 11. -- ISBN 978-7-5178-6211-6

Ⅰ. I267

中国国家版本馆 CIP 数据核字第 20244R0Y32 号

向美而生

XIANG MEI ER SHENG

陈佳佳 著

出 品 人	郑英龙
策划编辑	沈　娴
责任编辑	费一琛
责任校对	孟令远
封面设计	观止堂_未氓
插画绘制	陈　澈
责任印制	祝希茜
出版发行	浙江工商大学出版社
	（杭州市教工路 198 号　邮政编码 310012）
	（E-mail：zjgsupress@163.com）
	（网址：http://www.zjgsupress.com）
	电话：0571-88904980，88831806（传真）
排　　版	杭州朝曦图文设计有限公司
印　　刷	浙江海虹彩色印务有限公司
开　　本	787mm×1092mm　1/32
印　　张	9.375
字　　数	131 千
版 印 次	2024 年 11 月第 1 版　2024 年 11 月第 1 次印刷
书　　号	ISBN 978-7-5178-6211-6
定　　价	78.00 元

作者简介

陈佳佳

扬州冬荣园陆静溪家族（合肥张氏四姐妹外婆家）第五代传人，同济大学国际文化交流学院校外研究生导师，长三角美好生活创新联盟执行秘书长，九鲲文化创始人。毕业于哈尔滨工程大学（原中国人民解放军军事工程学院）自动控制理论专业。从事 IT 咨询行业品牌文化工作十七年。2015 年从理转文，主导发起与上海交大教育集团等的合作，开设"家族财富管理与传承"研修班、"全球家族传承领袖"研修班，与创合汇新商学联合创立"家族传承道与术"研习社等。曾经出版《家族传承——佳佳说家文化》和《别梦》。

满庭芳·别梦

云淡风轻，星稀月近，小得盈满初侯①。数说沅芷②，广陵③水清幽。别梦遗泽④交好，共传唱、琴酒诗愁。悦铭⑤者、冬荣故院⑥，缘起蜀渝游。

今宵，千百载，欣逢筵乐，琴剑怀柔。更兆和⑦岁期，轻侈⑧崇猷⑨。毫空间⑩书往事，满庭间、即兴辞修。闲情处，黛痕未了，佳色自风流。

笑岭烟客

（本文作者胡建明，笔名为笑岭烟客，系望舒资本董事长）

注：

①初侯：此处通"候"，读 hòu。古时五天为一候，一个节气十五天，共三候。一年总共二十四个节气，七十二候。5 月 22 日为癸卯年（2023 年）小满次日，故曰"初侯"。

②沅芷：沅芷澧兰，成语，意指生于沅澧两岸的芳草，后用以比喻高洁的人或事物。出自《楚辞·九歌·湘夫人》。

③广陵：古城扬州的先名，为历史上的扬州。现广陵区，是扬州市主城区。

④遗泽：留下的德泽。

⑤悦铭：陈佳佳的笔名。

⑥冬荣故院：扬州冬荣园。

⑦兆和：张兆和。

⑧轻侈：轻靡奢侈之意。

⑨崇猷：崇，指高尚、被推崇。猷，指有谋略、有思想、有功绩。崇猷，意谓高情远致、德厚流光。

⑩亳空间：上海秦汉胡同教育培训有限公司创立的国医大健康科技创新平台。

美都是梦的翻新

　　陈佳佳的第三本书《向美而生》即将出版。她的第一本书《家族传承——佳佳说家文化》和第二本书《别梦》（电子书）都非常有质感。真没想到，她很快又积累了十余万字，而且写得更丰富更自如；也没想到，"别梦"的她再次把梦拾起来，并倾情翻新。想想也对，所有的美不都是梦的翻新吗？她曾说："我是一个不太靠谱的写作者。"什么叫"靠谱"？对于当下的写作，乃至做人，我以为"靠谱"只有一个同义词，那便是"真诚"。真与善，才是我们向美而生的眼睛和嘴巴。

　　《向美而生》的书稿字里行间流露出绚丽的文采，

文章富有层次感，这难道不正与梦息息相关吗？梦不仅是一种记忆，更是一种向往。因此，翻新的梦便显得更加美丽，更富有深度与内涵。

可以想象佳佳在都市一隅写作的场景，"内心澄澈、向美而生"的精神世界是多么难能可贵。如今，在人们的内心被过多的欲望与杂念塞满的情况下，放空一回，岂非大幸？写作的过程，正是自我放空的过程，把沉淀在内心深处的千言万语压缩加工成一段段文字，便完成了一次倾诉。壶里的茶满了，倒入杯中，便可以与人分享。好的读者，是用眼睛看的聆听者，看着看着，也会有沉淀或启发。

《向美而生》的书稿由三个部分构成，分别是"家族丛林""内在生长"和"无限放大"。辑一"家族丛林"延续了佳佳第一本书的温馨记忆和温婉讲述，讲述的对象依旧是她的家族长辈，那一串令人心向往之的名字：陆英、周有光、沈从文、张兆和、张充和……尤其是她笔下智慧温婉的"最后的闺秀"，无疑应成为当代女性的修身之源。源即水，难怪张家创办的家庭杂志名曰

《水》。《水》在停刊多年后复刊,老出版人范用盛赞为"本世纪的一大奇迹",而佳佳则说,《水》涉及宗族七代人的斯文流动,让她看到了一个个熟悉的面孔,如寻常浪花般绽放。这实在是不寻常的浪花,它承载的深度,恰恰是我们时下需要认知并摒弃那些伪文化后才能达到的深度,正如周有光先生所言:"文化如水,从高而下不能逆流。"

辑二是"内在生长",生长与情感相连,角度自然就多了,话题也杂了。从激情谈到离婚,由孤独论及生死;参照物可以是文学名著,亦可是影视大片;谈论的对象有明星大咖,也不乏凡夫俗子。情境是公众化的,感悟则属自我,细读之下,会产生共鸣。人间百态,红尘一场,我在其中渐渐读出了一个"暂"字。作者在文中提及的"风吹哪页读哪页",同"能走到哪里就算哪里"的人生观如出一辙,似乎无奈,实则洒脱。正如贾平凹所言,人生终归不过是一个"暂坐"的过程而已。不要说,这是你的,那是我的,我们的一切都是暂借而已,到了期限一定会如数奉还,可能形式不一,却是毫厘不爽。

辑三是"无限放大"，而写作的出口正是那扇可以拓宽视野的"窗"。透过这扇窗，作者看见了许许多多的人，也看见了许许多多的物和事，看见了美，看见了远方，看见了生命的底色，更看见了"无二"的禅定……作者正是在这样的窗内体验生活，放大内心格局，凭借隧道般的视角，感受时空的穿越，从而达到一种"平常心"的状态。辑三中所采用的探寻手法，亦如钱锺书先生说的：

> 有了窗，我们可以不必出去。窗子打通了大自然和人的隔膜，把风和太阳逗引进来，使屋子里也关着一部分春天，让我们安坐了享受……

"无限放大"是一种真正的空，而要彻底清空自我，则需要什么样的精神空气呢？那是难以名状、不可言说的。不过，幸运的是，梦已被翻新，美已悄然生长在

向美而生

这本书中。打开它，你便能感受到那种以小见大的万物生长的微妙气息……

三水山人

壬寅秋分于东篱书屋

（本文作者钱旭东，笔名为三水山人，系红星美凯龙集团高级顾问、长三角美好生活创新联盟专家委员会主任）

序三　在归途中成长

佳佳又要出新书了，这让人既惊喜又意外。她的第一本书似乎才出版，而且她刚开始一份新的事业，平日忙于公司的运营管理，参加各种活动，哪有时间写作呢？不过我也知道，佳佳就是那种才华横溢、能力超群的人，她总是有着常人难以想象的力量。

佳佳请我这个小姑姑为她的新书写个序。说实话，我寂寂无闻，又不擅长文墨，真的不够格。不过，我知道佳佳是个有故事、有思想的人，我对她的新书充满好奇，也很期待。而且，我们两个一直在各自的时空里行走，能在过去的一年里相遇，似乎也是冥冥中的安排。

　　我年长佳佳七岁,按辈分,她叫我姑姑。我的爷爷在六个兄弟中年龄最小,而佳佳的曾祖父排行第二,佳佳的爷爷陈知先是我父亲这一辈中的长兄。陈氏家族中有不少人爱好围棋。因为同在上海居住,知先伯父和我爷爷来往较多,他经常来找我爷爷下棋。知先伯父的太太在仁济医院担任营养师,因为体态较为丰腴,所以我父母管她叫胖大嫂。胖大嫂温婉谦和,为人宽厚,让人觉得可亲可敬。她时常来看望我的爷爷奶奶,有时还会带些做好的菜来。这位胖大嫂就是佳佳的奶奶。多年之后,我的父母询问起胖大嫂,才知道她名叫陆榴明,原来,她是扬州陆静溪的孙女,与著名的合肥张家四姐妹的母亲陆英出自同门。果然,名门之后的风范和教养是刻在骨子里的。

　　那时我年幼,跟随父母到外地生活了一段时间,对家族中的这些亲戚以及他们的过往并不熟悉。佳佳虽儿时随奶奶在上海生活,但后来跟着父母去了哈尔滨,直到大学毕业后才回到上海,而那时我已出国

　　　　　　　　　　　　　　　向美而生

多年。2021年秋,佳佳因父亲病重来找我大伯治病,家族的这些支脉才再度有了联系。在2022年春节的家庭聚会上,我第一次见到佳佳:优雅高贵,谈吐不凡,自带光环。在与佳佳频繁接触的这一年里,我对她有了更多的了解。

佳佳是个多面的人。她生于上海,但成长于东北。她学的是自动控制理论专业,但内心住着一个文艺的灵魂。她从小生活优渥,却也经历了诸多人生变故。她美丽柔弱,是标准的江南美女,但内心有着不为人知的坚强,讲起话来慷慨激昂,与很多男性朋友是"哥们儿"。她在社交场上八面玲珑,是个精明能干的人,在朋友圈里温暖真诚,就像一个小太阳。她是位才女,也是位侠女。

在离开IT咨询行业的数年里,佳佳把航向转向文化领域,家族传承是她重点关注的议题。她的第一本书以合肥张家四姐妹为主线,多层面地阐述了家族传承的重要性与实现家族传承需要具备的理念和素养。

新写的这本书是她近几年积累下来的随笔,佳佳把视野拓展到文化传承领域,对过去的思考和积累进行了梳理和整合,我觉得她是为了更好地开启新的旅程。翻开她的书,我被她真诚而充满洞察力的文字深深吸引住了,不由自主地一直读了下去。文章的话题非常多样,有的感人,有的有趣,有的深刻……再次让我惊叹于她的精力旺盛和涉猎广泛。她看美剧,看电影,读书,听"喜马拉雅",关注新闻时事,学习哲学。书中所记,大多源自她生活中的所见、所闻、所感。

我们这个年龄段的人,正是这本书最好的读者。走过了足够长的路,我们开始回顾过去,开始关注传承,开始审视情感,开始思考成长。作为女性,我对书中很多从女性视角考虑的话题,如家庭、情感、婚姻,特别能产生共鸣。无论是民国时期的才女,还是小说、电影中的各种女性,每个人的感情生活都可能充满无奈和缺憾,学会放下或许是一生的功课。

佳佳很看重家族传承。在这本书里,好几篇文章写到了她的父亲。佳佳的父亲对佳佳影响深远,父亲的去世给她留下了深深的伤痛。佳佳用真挚而动人的文字提醒我们这些总是在忙碌中身不由己的人：感恩亲情，不忘来路。

读其书，见其人。在她的书中，我看到一个对情感有追求，对苍生有悲悯，对人生有思考，对远方有向往的佳佳。我一边读她的文章，一边仿佛在与她做思想上的交流。人到中年，我们有很多情感共鸣。

我的人生道路和佳佳的有一些相似之处。在步入不惑之年后，我决定变换跑道。对于我来说，一半是为了回归家庭，一半是为了回归内心。当在国外待了二十年之后回到上海，我觉得是时候停下来，思考一下人生下半场该做些什么了。鉴于一些在陪伴孩子成长过程中的特殊经历，我决定为儿童教育做一些有价值的事，故选择了与家庭渊源深厚的围棋来实现这一理想。围棋可以说是中华文化博大精深的典型代表。黑白两色子，纵横十九道，涵盖了宇宙之象、人生之道。学习围棋，既是启智，也是炼心。在围棋这面镜子前，我们能更清楚地看到博大与渺小、获得与失去、短暂与长久。这趟回归之旅，也是我的身心成长之旅。在这条道路上，我和佳佳的事业轨迹有了交集。对我们而言，回归只是开始,学习和成长不会停止。在这条归途上,我们将继续探求内心,学会自处。而我手中的这本书,正是佳佳在这段成长之路上交出的一份用心的答卷。

陈华真

(本文作者陈华真,系思围力道场创始人)

若彩虹，方知有

一次次不经意的交流，我们彼此的潜意识悄然交织，编织出各自眼中的遇见旁白：你不知道你不知道、你知道你不知道、你不知道你知道。

其实，这都不算是最珍贵的记忆，最珍贵的是那场我们三个人的"头脑风暴"。这次头脑风暴并非想象中的激烈，它稀缺但写实。它有一种于轻声细语中流露出的令人沉浸其中的静谧氛围。

风吹树叶飒飒作响，在西郊一幢亮着暖光的客厅里。

坐在我对面的是陈佳佳老师，这一次讨论是关于她的第三本图书。坐在我左手边的是当代艺术家陈澈老师，这一次是我们讨论以画入书的第二次相见。我不禁思索，这位淡紫色的"铿锵玫瑰"——陈佳佳，与这位从多个极端意象世界里淬炼而出的画家澄澈，是如何碰撞出火花的？他们的交会点究竟在哪里？

　　佳佳的生命色彩在当代显得非常特殊，她浸润于一种独特的家族氛围中，那里墨香与彪悍的气息交织，这两种暗暗涌动的力量在她的内心融合。历史上的文化佳话传奇"合肥张氏四姐妹"、昆曲家顾传玠、汉语拼音之父周有光、作家沈从文、德裔美籍汉学家傅汉思，还有我最爱的顽童画家黄永玉等文化界名家，都在她的成长中留下了一抹抹浓重的色彩。于万千斑斓中描摹出自己的颜色，似乎是佳佳这一位大女子的必经之路。另一种截然不同的气息——彪悍的来源，无论是主动选择还是被动接受，命运将她青春时期的人设定格为"工科学霸"，1997年，她考入了全校几乎都是男生的工科院校——哈尔滨工程大学（原中国人民解放军军事工程学院）。这时，十八岁的基因图谱已经构成，并开始成为描绘她前半生延伸图的起点。那时的她，宛如一朵娇艳欲滴的铿锵玫瑰。

陈澈老师讲到,他相信在人们的潜意识里,或许存在一个"自我的自然/自然的乌托邦",它也许是神秘的、未知的,也许是唯美的、梦幻般的,也许是充满恐惧的。他从自然中汲取灵感,元素包括细胞、神经、水、枝茎以及人体的血管等。在他的创作中,图像仿佛在每一个看不见的瞬间被凭空创造出来……在他的作品中,一股色彩斑斓的气息犹如穿越海上风暴般突袭而来,如他所追求的那般,渲染着无数来不及细细道来的情绪色彩。

他又说,十几年间,他借由作品探索了从具象到抽象的艺术之旅,经历了不断地生长、建构、聚集、变化、分离、瓦解、消失、轮回的过程。他用一些表现手法,重新构建了"我"内心的自然景观。这一历程引领他来到了 2017 年这一重要节点,那是他艺术探索中"反向的浪漫"的开端,作品犹如一位轻盈的舞者,而"蓝色呼吸"正是他完成内心自然景观构建,并开启未知生长的契机。此时,他将目光移向了我们。

铿锵玫瑰与蓝色呼吸的不期而遇,引领我们共同认识了一朵淡紫色的玫瑰。

对于这本书,我们共同希望它能被命名为"向美而生"。如陈澈老师所说,人的大脑会被既有的、相似的"视觉经验"所充盈,产生一种"似曾相识"的"幻想性视错觉"。那些既破碎混乱又隐含着某种规则与秩序的形态,正悄然地、持续地试图唤醒每个人脑海中深藏的视觉记忆与感知。

雪 乔

(本文作者王雪娇,笔名雪乔,系出版人)

斯文若《水》

亲爱的书友，您好吗？

见字如面。或许我们从未见过，此刻提笔致信，我心中涌动着莫名的深情。我相信，生命中最绚烂的抉择，并非出于理性，而是出于深情。

自古以来，任何事物都在改变，变化实为世间之常态。我出身于一个书香家庭，奶奶的二姑是合肥张氏四姐妹的妈妈——陆英。扬州东关街 98 号的冬荣园是我们的老宅，如今门口依然刻有"沈从文岳母故居"的字样。在家族璀璨的星辰中，能与沈从文媲美者，唯有其连襟——"汉语拼音之父"周有光先生。我的名字就是干爷爷周有光先生起的。

我的大学生活是在哈尔滨工程大学（原中国人民解放军军事工程学院）度过的，学习的专业是自动控制理论，可以说，我的世界观和人生观都是在这所被誉为新中国第一所军校的学府里形成的。大学毕业后，我踏上了企业信息化咨询的道路，一走便是整整十七年。在这期间，我与世界上众多顶尖的"脑袋"一起工作，策划了无数场直击心灵、启迪智慧的科技报告。我踩着高跟鞋，穿梭在钢铁森林中，亲眼目睹了市场风云的瞬息万变。那段日子紧凑而充实，不像是真的，却实实在在地书写了我那充满分量、饱含力量，且闪耀着科技之光的青春篇章。

2015年，我离开IT咨询行业，踏上了文化教育领域的创业征途。在这片新天地里，我携手沪上众多高校，共同推出"家族文化传承"系列课程。我感激时间的汩汩流水把我推向了不惑之年，让我舍不得年轻回去。因为只有时间，才能孕育出真正的新生。"不惑"或许就是我此生的功课，而我则用写作去寻找同样质地的心灵和"不惑"的答案。

向美而生

我的家族传承事业起源于宗族创办的家庭杂志《水》。这份家族杂志《水》，走过了九十多年，涉及宗族七代人的斯文流动。它让我看到了一个个熟悉的面孔，如寻常浪花般绽放，不经意间流露出深沉的历史韵味和温暖的人间烟火气息。

《水》刊名字的寓意是一段长长的斯文的流动。它曾经在抗日战争期间停刊，到1995年，我的干奶奶张允和决定复刊《水》。那时，她已年过八旬，但还是撑起了复刊的旗。1996年2月，《水》复刊第一期在北京出版，允和奶奶在《复刊词》中写道：

　　六十六年前，我们张家姐妹兄弟，组织了家庭小小的刊物叫《水》。那时我们年少，喜欢水的德性。正如沈二哥（从文）说过："水的德性为兼容并包，从不排斥拒绝不同方式，侵入生命的任何离奇不经事物，却也从不受它的影响。水的性格似乎特别脆弱，极容易就范。其实，则柔弱中有强韧，如集中一点，即涓涓细流，却滴水穿石，无坚不摧。"

如今，我们的"如花岁月"都过去了。但是，"人得多情人不老，多情到老情更好"，我们有下一代、下下一代。我们像细水长流的水一样，由点点滴滴的细水，流到小溪，流到小河，流到大江，汇入汪洋的大海！

水啊！你是生命的源泉！

就是这样，我们的《水》不仅流向了全国各地，更跨越重洋，流向了世界的每一个角落。《水》在停刊多年后复刊，老一辈出版人范用盛赞为"本世纪的一大奇迹"。2002 年 8 月 14 日，允和奶奶去世。《水》复刊第二十一期特别做了一期纪念允和奶奶的专刊，封面写着：

你是一个"平凡的家庭妇女"，

但却为家庭、亲友和祖国的文化事业，

做出了不平凡的贡献。

大家以悲痛、真挚的情意，

写下了纪念你的文章，为你送行。

亲爱的二姐，大家怀念你，九如巷怀
念你。

　　老井庭树依旧在，魂兮归来！

　　《水》对于我们宗族的挚友们而言，不仅是一个传奇，更是一段长长的斯文流动；而对于一个国家来说，或许就是最细微却也是最真实的历史见证者。

　　2021年，上海社会科学院出版社出版了我的第一本书《家族传承——佳佳说家文化》。该书内容涉及世家名门的教育和新时代的家文化。令人欣慰的是，该书出版后三个月获得再版。2023年，我的第二本书《别梦》由蓝狮子数字出版中心出品。我发起了一场散文马拉松，旨在让志趣相投、灵魂有趣的人们在这场文字的盛宴中相遇、相知。2024年底，浙江工商大学出版社将出版我的第三本书《向美而生》，我希望为世界带来更多的情感共鸣与思想交流的契机。

　　之前的我，心向外，总觉得外面的世界太精彩；现在的我，心向里，心海深处波澜壮阔。我的三本拙作——《家族传承——佳佳说家文化》《别梦》《向美而生》，宛如三次灵魂深处的叩问：我从哪里来？我是谁？我要去哪里？我执念不舍，不写尽心中的美好不肯休，不用尽手头的光阴不罢休。对于第三本书《向美而生》，我以美好为墨，旨在传递大爱之真谛。天地间大爱之珍贵，不在于大，在于心存万物，存下一点一滴的美好，如此，方能成就自己与这个世界之间的一份良缘。

人间值得，亦有艰难，感恩我们找到彼此，感恩我们都有改变。今后，我会一边学着生活，一边把书一本一本地写下去。我誓要保持自己的最佳状态，与你们并肩编织更多温馨而美好的瞬间。我会常常展露笑颜，因为有些忧伤确实能在笑容中如烟消散，随风而逝。斯文若《水》，和韵流风，美好总会遇见美好。

　　有人说，一位作者最具代表性的书往往是他的第一本书，因为在这本书里，作者的才情、潜在的可能性和他最有表达欲的母题已初露端倪；第二本书是作者创作生涯中最关键和最具挑战性的书，因为它决定了他将如何真正地继续写下去。这本书是我的第三本书，我希望能在作品意义的表达上找到更具诗意的途径，并在开放性上更进一步，为读者提供更广阔的想象空间。带着这个愿望，在这本书的写作过程中，我深感荣幸能够遇见当代艺术家陈澈。

　　陈澈是 20 世纪八九十年代成长起来的中国艺术

家。他对艺术创作具有天生的热情与兴趣，深谙西方艺术发展史。在原始的文化符号和现代科技元素交融的新体验基础上，他探索出了一种全新的想象世界的表现方式。这种表现超越了地域限制，反映了对急速变化的现实世界的逃避，同时暗含了一种全新的现实态度。

当代艺术与文学正在共享同一个时代。在这本书中，陈澈的画作与我的文字尝试对话，我们面对的是同样的问题，甚至共同使用资源。当代艺术可以非常轻松地实现文字所追求的目标，而文字也可以从当代艺术中获得重要的启示。我们的作品的共同呈现，既是对"协同合作生产知识"这一当代潮流的回应，也为解决问题提供了新方法、新路径和新角度。

"一千个人的心中有一千个哈姆雷特。"同样的一篇文章、一幅画，在不同人的眼中会引发不同的感受。陈澈的画具有随机性、偶发性，它既不是传统的具象，也不是纯粹的抽象。他擅长通过流淌的色彩和形体结构传达内心深处的情感。

中国当代的文学正在经历着语境的嬗变。我的文字关注现代社会和现实生活，我深感陈澈的优秀画作为我提供了宝贵的支持，使得当代艺术与文字得以相互交融，展现出"无字处皆有意"的独特魅力，仿佛是"自然乌托邦"中的一缕光芒，照耀现实生活，映现宇宙图景，以一种别样的真实感呈现物理世界与心理世界的共鸣。"没有心灵的映射，是无所谓美的"，我希望在这本书中，读者可以感受到三种美。

自然之美。陈澈对大自然充满了热爱。他用了十几年的时间探索，作品从一开始的映像系列、理想丛林系列，到心像系列，再到现在的雨林与生长系列，始终与自然这一主题有着密切的关系。我从小受到家庭的影响，对中国传统文化情有独钟。雪乔女士特意根据五行（金木水火土）代表的主色调，在陈澈的建议下选用了有代表性的画作作为本书的插图，希望能激发读者对阴阳消长、生命流转的审美感受，引发读者对大美中国和大美时代的无限热爱。

科技之美。陈澈的画明显地融入了网络时代所特有的科技特征。那些看似蕴含内在规律的泡泡、柱状纹、条纹，以及各种圆和点交织叠加，仿佛形成了一种宏大的符号系统。而我年轻时一直服务于全球领先的算法公司和管理咨询公司，深谙"无科技，无未来"的道理。因此，科技之美也是我内心的具象化表现。陈澈将我在书中提及的"计算方法"和"超级方法"以绘画语言重新组合与构建，展现出生命、生长、微观、宏观、细胞、宇宙、神秘、未知等主题，让读者可以轻松感受到AI技术、数据可视化等新时代科技所绽放的美丽。

境界之美。陈澈的性格谦和低调，待人热情。他在英国生活了十多年，他的绘画明显融合了中西方特色。他从没有把自己定位为抽象或具象艺术家，而是始终追求自由与个性化的抽象美感。在本书中，我用较多的篇幅与读者讨论"向内求"和"心力"，这不禁让我联想到陈澈名字中的"澈"，它象征着超越自我的"澄澈"境界。读者可以在本书中获得超越物象、纯净深刻的审美体验，感受到洗涤心灵、提升人格的境界之美。

我的文字创作，从《家族传承——佳佳说家文化》到电子书《别梦》，再到这本书，三次叩问我从哪里来、我是谁、我要去哪里。在这一过程中，通过语言要素的提炼、叙事的转述和概念的推理，我建构了一个兼顾现实与精神的空间，真切且疏离，存在即意义。

陈澈的画，并非一蹴而就。热带丛林、血管组织、自然光斑、水底影像或是宇宙景观，这些具有现实可感性的物象被转化为一系列抽象语言，模糊了形象符号的指代或表意特征，形成了与心理空间直接相互映射的图式，展现出形色各异的世界，深邃或广袤。

我的文字，对生命的尊重和对宏观世界的探索源自一种先验性的感悟和出世的创作心态。

陈澈的画，在对客观自然的体察中进入了超现实主义的梦境意象世界。

我的文字，仅仅是"个人"认知的局部特写，只能算是微观的样式、样貌。

陈澈的画，是对宇宙宏观现实的描绘，构建出无差别的、去中心化的意象网络。

我们的作品，共同的特点是很少表现出强烈的逆反心理。我们有意避开激烈的表达，追求和谐，以一种更加内隐的方式探索诸多可能性。从纯粹的文字沟通到当代艺术的隐喻，从无限放大细节后的微观世界，到拉远距离最终跳脱三维局限的想象空间，所有的一切都是通过不断地调整观看的距离和角度而形成的。这些不同的视角构成了客观存在与生命体验的双重表达。

我想再次感谢陈澈与我共同完成了这本书。我们在物质、技术、思想、观念等多个领域进行了互动，共同探寻更深层次的精神空间。我希望这本书能够为世界创造更多共情和交流的机会。最后，我要感恩读者，邂逅适我愿兮，日子不能倒着走，但我们的心情可以自由飞翔。

目　录

辑二　内在成长

辑三　无限放大

Hi,我是陈佳佳,这是我的第三本书,
若你能看到,想必也是有缘人。
人间百态,在方寸纸张上栩栩如生,
红尘如梦,让我们一起把梦翻新。

有人说,每个人的命运从出生前就开始了。
家族命运在永恒变幻中交替,
我在斯文家风的轮回中寻找自己。
小时候,总觉得时间很多,未来很长,
每一片乌云似乎都镶着银边,
骊色骏马,肆意哭笑,

飞天踏海，落子无悔。

初心乍现，藏在所有誓言和梦想当中，
那颗离本心最近的心，
在万物更迭中坚守拙朴，
探究山川如何变成海洋，
观察平地如何亲吻太阳。

青葱少年，如风如光，不分亲疏，不论贵贱，
绚烂晚霞是江海的眷恋，
天真无邪是青春的旌旗，
鹰隼试翼，纵横无界，
潜龙腾渊，鳞爪飞扬。

四季流转，有人相遇，有人告别，
"真"是决定相信某个承诺的瞬间，
"善"是在漆黑的电影院中碰到了彼此肩膀，
"美"是青涩初吻时无畏的缺氧，
认识别人，更好地认识了自己，

理解别人,更深地理解了自己,

不问来处,不辨真假,

不挡去路,不知所向。

过往的点滴,是一组关于人生选择的故事,

做过很野的梦,绵绵春风,万物生长,

扑过很多次空,乘风破浪,别来无恙。

赶路的人,总能遇见同行的人,

铺路的人,总会引领迷路的人,

平凡而后勇,山海有相逢。

生命旅途,步入不惑,不想再回头,

得意时"一日看尽长安花",

艰难时"潦倒新停浊酒杯",

步步独行展翅膀,

独自吟唱成交响,

"待到重阳日",

我们"还来就菊花"。

前几日照镜，发现几根白发，

感叹岁月如梭，人生自作自受，

一边真的怕死，一边真的热爱自由，

觉醒于"人生很短，经不起来回的犹豫"，

下次是哪次，不久是多久？

有想做的事情，现在就去做，

有想见的人，现在就去见，

趁现在，一切都还来得及。

读书的人，有梦可做，把书翻烂，把梦翻新，

在经典中汲取"九万里风鹏正举"的力量，

在现实中历练"也无风雨也无晴"的豁达，

写书的人和读书的人之间，

唯有"赤诚以待"一条路，

要么相见如故，一个掏心一个掏肺，

要么两两相忘，索性不必遇见。

生命中出现的人啊，都是带着使命来的，

客气人总遇客气事，尴尬人总遇尴尬事，

　　　　　　　　　向美而生

君子用心若镜，不将不迎，其实与态度有关，

我希望这本书，可以展现出积极向上的态度，

正视此生，正待己身，正思我心，

有益于自己，有益于身边人，有益于有缘人。

以笔为剑，烈焰同光，

时间宝贵，余生太短，

自由自在，沧海桑田，

但愿余生，我们安好，

愿你拥有更加舒展的身体，

愿你拥有更具深度的灵魂。

辑一　家族丛林

　　在我的家族里，出现了很多启发我人生智慧的先辈，我觉得三生有幸。中国有句古话叫"万变不离其宗"。这里的"宗"指的是"宗旨、目的"，而我更愿意把它理解为"祖宗"。从这个角度看，我们的生命会与他人的生命连接在一起，不再是一个人的时间旅程。时间不再是一条平坦的线，而是充满故事、图案的轨迹。所有的故事都是由家族的源——祖宗们开始的。

　　我奶奶的二姑陆英嫁给了张树声之孙张冀牖，这使得张家摆脱了旧式家族的羁绊，成为一个拥有新思想与新视野的大家族。我的允和奶奶曾经写过一篇文章《女人不是花》，文章中提到，她既要保持传统文化中大家闺秀的气质，又要追求现代女性的独立与进步。

她的骨灰被埋在北京门头沟观景台的一棵树的树根下，化作滋养花朵的春泥。我们爱她，不是因为她的非凡，而是因为她的平凡。曲终人不散，春去夏又来。我这些年坚持写作，就是希望把这个家族"流动的斯文"和"乐观的人生态度"传播出去，延续"上善若水"的包容和"亦慈亦让"的风雅。

人们常说，人往高处走，水往低处流。往高处走，是每个人对自我不断提升的内在要求，也是人性向往美好的本能。然而，现代社会面临着一种新困扰——很多人不知道自己的"高处"在哪里。对于普通人来说，"高处"意味着更多的财富、更高的职位和更大的权力。但是，对于那些已经拥有财富、权力和社会地位的人来说，人生的"高处"在哪里？这正是当下很多年轻人面临的困惑。中国有"富贵传家"的说法，但实际上，富和贵其实是两件事，富是属于物质范畴的，贵是属于精神范畴的。当今的年轻人，和父辈们不同，很多都是出生在富裕家庭，更加热切追求的"高处"不再是胡润百富榜上的名次，而是精神上的自由和尊贵。

1793年1月21日，在巴黎的协和广场上，一个即

向美而生

将被处死的女囚在登上断头台时不小心踩到了刽子手的脚，她马上下意识地说了句："对不起，先生。"而此刻，她的丈夫路易十六面对凶神恶煞的刽子手，留下的则是坦然而从容的遗言："我清白地死去。我原谅我的敌人，但愿我的血能平息上帝的怒火。"几分钟后，路易十六及其皇后便身首异处。两个世纪之后，时任法国总统的弗朗索瓦·密特朗在纪念法国大革命200周年的庆典上真诚地表示："路易十六是个好人，把他处死是个悲剧……"

1910年10月28日，一位年逾八旬的老人，为了拯救备受煎熬的灵魂，决心把所有家产分给穷人，随后他离开了自己辽阔的庄园，开始了流浪的生活，最终在一个荒芜的小车站如同流浪汉般去世……他就是著名的俄国作家列夫·托尔斯泰。

他们的命运不同，但他们都有一个共同的身份——贵族。

在当代，马克·扎克伯格在哈佛2017届毕业典礼上说，他在哈佛最美好的回忆，是遇见了普莉希拉（Priscilla），她是他生命中最重要的人……2015年，他们的第一个女儿陈明宇（Max）出生，扎克伯格捐了四百亿美元作为公益基金，用来研究儿童疾病的治疗方法，因为妻子普莉希拉是一名儿科医生。扎克伯格为妻子普莉希拉感到自豪，因为他在普莉希拉身上看到了人生的"高处"——让世界上的儿童远离病魔。

《大学》里面讲到"诚意、正心、修身、齐家、治国、平天下"，我认为这是中国传统文化的精髓之一。它把我们每个人的生命分成三个部分：第一部分是每个人内在的心和意，代表精神活动；第二部分是每个人的身体和家庭，涵盖生活和工作；第三部分是治国平天下。在当今社会，这三个方面有时候会显得有点割裂：有的人只关注自己而忽视家庭，有的人专注于家庭却忽略了国家和社会，而有的人致力于国家和社会事务，却牺牲了自己的需求与发展。明心见性很难，不容易抓住；国家天下又太大，也很不容易把握，因此，最好把握的是个人和家庭，说大不大，说小不小，说远不远，说近不近。

这些年，我走近很多家族（企业）的"创一代"和"创二代"，清晰地看到曾经生活在同一屋檐下的家族成员,是如何以完全不同的方式感受和解读同一"事实"的。尽管冲突的双方经历着同一件事,但是他们的说法往往大相径庭。家庭中最困难的对话,实际上发生在三个较深的层次——"事实"对话、情感对话、身份对话,这三个层次一层比一层深入,一层比一层困难。我们要用心和智慧去维系感情,不然大概率也是会离散的。

徐渭在《题自书一枝堂帖》中说:"高书不入俗眼,入俗眼者必非高书。""高处"的传承也是如此。真正的"高处",其实并不在于世俗的利益,而在于追求高尚的精神、深厚的文化修养、社会的担当和自由的灵魂。接下来的文章,让我们一起深入探讨生命的本质,捕捉物理世界与心理世界的共鸣,丰富对生命本质的理解。让文化浸润你的身,让艺术美化你的眼,让生活充满美!

在人们津津乐道的张氏四姐妹的传奇故事里，最容易被忽略的人就是她们的母亲——陆英。她是我奶奶的二姑，一位非常不简单的女性。

大家闺秀初长成

奶奶的祖父陆静溪，是扬州有名的盐官，家财之多超乎想象，其夫人是李鸿章的侄女。陆静溪很疼爱二女儿陆英，陆英出落得眉清目秀，兼之聪慧了得。所以陆静溪对这个女儿的婚事十分慎重，为女儿挑选夫婿也是左挑右选，最后选中了张冀牖这位有为青年。陆英比张冀牖年长四岁，在 1906 年，二十一岁的陆英与十七岁的张冀牖成了亲。

张冀牖和陆英的婚礼轰动了当时的合肥

城，因为这场婚礼实在是太奢华了。仅陆英的送嫁队伍就从合肥的四牌楼一直延伸到龙门巷，长达十里。陆英的嫁妆更是应有尽有，大到紫檀家具，小到扫帚簸箕，都镶嵌着金银珠宝，光是陆英陪嫁的梳妆盒就有四十多只，里面装满了各式宝玉和金银首饰，数不胜数。

聪慧能干重传统

陆英温和贤淑，精明能干却不锋芒毕露。她秉承名门家族的优良传统，孝顺长辈，对婆婆敬爱有加，家中近四十口人一起生活，陆英打理得井井有条。有一年婆婆大寿，她提前好几个月去景德镇定做了带有"万寿无疆"字样的彩色寿碗、寿碟等餐具，宗族亲戚及来往客人，都由陆英亲自安排，族里长辈都对这位晚辈赞赏有加。

陆英尊重传统礼教，家里来了客人，孩子们必须要在客厅的一侧恭敬地向客人打招呼，等到用人端着糖果盒子上来后，才能安安静静地有序离开，绝不会出现在客人面前闹着要糖果的举动。

陆英始终保持传统的端庄姿态，但她的思想并非守旧。张家姐妹的名字都是陆英取的。在为她们取名时，陆英专门选择了带"腿"的字眼，如"元""允""兆""充"等字，喻示女儿们终归要离家出嫁，希望她们"读万卷书，行万里路"，拥有"海阔凭鱼跃，天高任鸟飞"的自由人生。多年以后，张氏四姐妹随时代的大潮沉浮，足迹踏遍大半个地球，大力弘扬中国传统文化。

培养保姆树家风

陆英要管家务，要管田租账目，无暇照顾儿女。孩子断奶后，她决定让保姆们代为照顾，并充分发挥每个保姆的特长，有针对性地分配任务。朱姓保姆较为严格，陆英便让她每天监督孩子们读书；刘姓保姆心灵手巧，便由她给几个女儿梳妆打扮；林姓保姆擅长烹饪，便让她负责孩子们的一日三餐；高姓保姆情商高，便请她帮忙打理家庭的人情交往。就这样，陆英把家里的各种事处理得井井有条。

张家是书香世家，读书风气浓厚。与当时很多大家族不同，陆英对保姆们的文化水平要求很高。她在家中掀起了"教保姆认字"的热潮。她自制了许多小木板，上面写有一些常用字。每天早上，保姆们在给陆英和孩子们梳头时，可以借摆在梳妆台上的这些小木板学认字。等梳好头发，字也认识了。

陆英还经常组织保姆们比赛，学得好的保姆会有一定的奖励，而这个保姆照顾的孩子也会得到表扬。为此，孩子们都当起了小先生，给自己的保姆"开小灶"。

在如此风气的浸染下，保姆们在完成分内活计后，总会自觉地学习文化知识。很多在张家干了几年活的保姆或用人都可以自己写家书，阅读《西游记》《三国演义》等小说，甚至还能用《诗经》中的诗句对话。

读书唱曲两相宜

张冀牖虽然生于钟鸣鼎食之家，但在读书上，和妻子有着共同的看法和爱好。陆英和张冀牖拥有各自独立的书房。张家藏书甚多，书一多，如何放置便成了问题。陆英想了一个办法，命人制作了许多高及天花板的书架，放置在大房里。但在布置书房时，她却又特意将书随意摆放，而不是整齐地摆在书架上。她这样做的目的是营造一种"到处都是书"的氛围。她这种"小心机"的设计逐渐让孩子们养成了见书就读的习惯。

陆英酷爱昆曲，经常带着孩子们去看戏。张家花园成了孩子们的戏台。她们拿来母亲的梳妆盒，敷粉、抹脂、点唇，像模像样地把母亲的丝帕围在腰间表演，母亲、奶妈和保姆们则成了她们忠实的观众。在陆英的影响下，张氏四姐妹渐渐也成了小戏迷，个个兰心蕙质，才华横溢，被称为"最后的大家闺秀"。

昆曲本就是诗词的演绎，在陆英巧妙的引导下，张氏四姐妹与昆曲结下了不解之缘，造就了她们令人敬佩的素养和与众不同的魅力。大姐元和成为昆曲作曲家，与丈夫顾传玠携手致力于昆曲的研究和教授事业；二姐允和与俞平伯等人成立"昆曲研习社"，其所作《昆曲日记》成为昆曲领域的珍贵史料；小妹充和先后在哈佛大学、耶鲁大学等多所大学执教昆曲，并促成昆曲入选非物质文化遗产名录。

1986年，为纪念汤显祖逝世三百七十周年，七十九岁的张元和与七十二岁的张充和同台为观众献唱了一曲《牡丹亭·游园惊梦》。两人一个演柳梦梅，一个演

　　　　　　　　　　　　　　　向美而生

杜丽娘，台下掌声雷动。许多老观众感慨万千地说：
"这才是大家闺秀演大家闺秀啊！"

敢于尝试新事物

陆英对新鲜事物充满了兴趣。在教授孩子们传统文化的同时，她还请来了洋派先生教孩子们白话文、算术和西方的音乐、舞蹈，使孩子们接受了比其他人更为全面的教育。

张氏四姐妹对算术之类的知识不太感兴趣，却对舞蹈很是喜欢。当她们接触到西方舞蹈后，四姐妹纷纷央求母亲为她们置办练功衣和软底鞋，她们穿上后仿佛成了真正的舞者。虽然当时四姐妹的舞蹈动作技巧不成熟，但她们仍然兴奋不已，纷纷穿上新的练功衣，摆造型拍照片。

张家的女孩们对舞蹈感兴趣，而男孩们对母亲为他们置办的照相机爱不释手。陆英允许孩子们随便玩，从不因担心孩子们会破坏新奇物品而将它们束之高阁。她想让孩子们从中体验探索的乐趣。

大限将至早安排

1921 年，年仅三十六岁的陆英感到身体日益虚弱，生命即将走到尽头。她拉着二女儿允和的手说："你们的父亲虽然这些年与我琴瑟和鸣，但他总是个不谙世事的书生，必会在我死后不久另娶新欢。我最担心新夫人是贪图张家财富而嫁入张家的，要是她对你们不好怎么办……"

陆英怀着一颗慈悲之心，雇用了一些合肥农村的寡妇作为保姆，这些保姆原来生活艰辛，于她们而言，陆英不仅是自己的雇主，更是带自己脱离苦海的恩人。陆英强撑着身体，把她们叫进屋中，给了她们每人两百大洋，当时普通公务员一个月的薪资也不过十大洋。

"我把这些钱交给你们，全是一位母亲的请求。等我走后，几个小哥我是不怎么担心的，只是四个小姐妹，我是真的放不下心。无论如何，你们一定要把她们好好养到十八岁，等她们能自立了再离开。"

"夫人放心，我们一定照顾好几位小姐。"保姆们齐声表态。这些保姆也都信守承诺，有的甚至抚养了张家的孙辈。

陆英不仅对保姆进行了交代，还特意派人把她的嫁妆送回了娘家。张冀牖为人光明磊落，自然不会觊觎妻子的巨额嫁妆。

1921年9月，三十六岁的陆英在孩子们的哭泣声中与世长辞。在她闭上眼睛的那一刻，一大颗泪珠从眼角滑落。她临终前镇定自若地为孩子们的未来和剩余财产的安排做了周密规划，这些安排使张家的孩子们受益至成年。

自古只见新人笑

陆英的离去，对张冀牖来说无疑是一个沉重的打击。然而，陆英去世不过一年，张冀牖就将自己创办的乐益女中的女教师韦均一娶进了家门，韦均一只比大女儿元和大七岁。

正如陆英临终前预言的那样，韦均一和孩子们相处得并不融洽。她们之间的纠葛，或许只有她们自己才清楚原因。对于韦均一，她不仅要面对陆英留下的孩子们，还要与这位已逝却似乎无处不在的前女主人争夺对这个家庭的掌控力。

曲终人不散，余音犹绕梁

2011年，《扬州美人谱》邮册在扬州首发。在这本邮册中，有一枚邮票以陆英的形象为设计原型，展现出一种穿越时空的典雅美。

陆英的一生虽然短暂而匆忙，但她用短暂的一生，深深地影响了她的孩子们。她是传统的大家闺秀，也是前卫开明的女性；她是淑慧的贤妻良母，也是智慧、果断的决策者。

陆英是一位智慧温婉的女性，而这种独特的气质，在家族传承中形成一条别具一格的通途：

智慧温婉是一种力量，而非无能为力；

温婉者的轻声细语比大声疾呼更加清晰；

智慧者相信，享受世界之乐比占有这个世界更重要；

智慧温婉者，如水般绕开山脉，不与之争锋，却能对巨大的岩石发起一波又一波的进攻，哪怕粉身碎骨。

假如你学会了这种智慧和温婉，好事就会降临于你……

　　"大家闺秀"这个词如今已经不常见了，因为时代变了，人的观念也变了。张充和算得上是 20 世纪大家闺秀的典范。她出身于书香门第，擅长书法、昆曲、诗词，被誉为民国时期"最后的才女"。经历了岁月的洗礼，张充和在一百零一岁离世，她的风采照耀了一个时代，使得张氏四姐妹成为历史传奇。今天，让我们一起探寻她朋友圈里的爱情与友情吧！

痴情诗人卞之琳

　　著名诗人卞之琳先生一生写了很多名篇，但最为人称道的还是那首《断章》。

　　　　你站在桥上看风景，

看风景的人在楼上看你。

明月装饰了你的窗子，

你装饰了别人的梦。

在重庆的岁月，才貌双全的张充和尚待字闺中，追求者甚多。用情最专最深的当数诗人卞之琳。卞之琳与张充和的交往，源于好友沈从文。

1933 年秋天，沈从文在自己北平西城达子营 28 号的家中宴请巴金、靳以、卞之琳等文友。张充和当天也在场。这是卞之琳第一次见到张充和。那次见面，张充和便给卞之琳留下了深刻印象。当时，卞之琳刚刚二十三岁，在中国诗坛如一颗璀璨的新星冉冉升起。卞之琳曾颇自负地表示：自己的诗作绝不自我设限于脂粉气息的私生活描写。

1934 年，刚刚成为北大中文系新生的张充和坐在沈从文家的那棵槐树下，兴致勃勃地和巴金、靳以等人分享自己在大学里的见闻。卞之琳则习惯性地在树影下稍远的地方安静地坐着。三姐张兆和眼尖，拍着手招呼卞之琳："来，卞同学，坐到前面来，我要给你介绍

向美而生

一个新同学。这个'小喇叭'是我的四妹充和。她今年刚刚考入北大。今后，卞诗人与我的四妹就是师兄师妹了。"

张充和大大方方地拉起卞之琳的手，轻轻地说："卞诗人，卞师兄，今后请多多关照！现在，你就跟我同坐一条长凳子吧！"卞之琳从来没有与女孩握过手。张充和这一举动竟然让意气风发的青年诗人羞了一个大红脸。

生性活泼的张充和，很快就与靳以、巴金、卞之琳等人熟络起来。她时常大大方方地出入三座门大街那个葱绿可爱的小院。当时，张充和很喜欢在她那犹如瀑布般的秀发上，装饰性地佩戴一顶小红帽。北大的男生都亲切地称呼她为"小红帽"。卞之琳记得，这个"小红帽"当年十分淘气。

在北大求学期间，张充和对中国传统戏曲昆曲情有独钟，常常到戏院观看昆曲表演。卞之琳偶尔也会跟随张充和去昆剧院看演出。闲暇时，张充和也会在卞之琳等好友面前演唱一段昆曲。在皎洁的月色下，张充和清唱昆曲，卞之琳的心弦被轻轻拨动。

羞涩的卞之琳心中有很多话想说，但因内向而难以表达。张充和的活泼好动与卞之琳的沉静内敛有着很大的不同。尽管如此，卞之琳却渐渐地发现自己对这个可爱的"小红帽"有了更多的喜欢。正如黄裳在《卞之琳的事》中所说：

> 对方的一颦一笑，都永不会忘记，值得咀嚼千百遍的温馨记忆永远留在心底。这一切，都在淡淡的言语中隐隐约约地透露出来了。

然而，内向的卞之琳一直未能鼓起勇气表白。之后，卞之琳常给张充和写信，他将自己的感情写进诗里寄给她，有时还会说些生活琐事，但无论写什么，张充和从来不回。卞之琳焦灼不安，但又不想面对，于是离开北京，跑到河北一所学校去任教。本以为逃离北京就可以忘记张充和，开始新的生活，但卞之琳发现自己根本无法抹去对她的思念。

最后，卞之琳无法忍受这种思念的折磨，再次给张

向美而生

充和写信。可惜的是,张充和依旧没有任何表示。

二姐张允和很快便看穿了这一切,她很愿做个月老促成这对年轻人。有一次,她借故试探张充和。当时的张充和因审美倾向于古典主义,认为卞之琳的新诗没有内涵,在心灵上难以引起共鸣。她觉得卞之琳的社会阅历不够丰富,他"缺乏深度""不够深沉",甚至有时显得"有点爱卖弄"。就这样,两人始终没有什么进展。

1936年,张充和因病辍学在苏州休养,而卞之琳回家乡海门奔丧后去苏州探视张充和,并在张家逗留了几天。1937年,他把自己的诗作编成《装饰集》,手抄一册,献给张充和。

张充和亦用毛笔蘸银粉,在蓝色宣纸上一笔一画地以秀丽小楷为卞之琳抄写了他的五首诗作《道旁》《圆宝盒》《断章》《音尘》和《鱼化石》。这份珍贵的手稿自张充和抄写完成后,一直陪伴着卞之琳,从未离开过他的身边。由此可见,卞之琳对张充和用情至深。

1947年,卞之琳独自赴英国牛津大学深造。临行前,卞之琳特意去苏州与张充和道别。那天,张充和穿了最爱的天青色旗袍，送卞之琳出巷口，在和他说了再见后，转身离开，一直没有再回头。卞之琳痴痴地望着她的背影，不明白为什么自己无法打动她的心。

卞之琳痴情，直到1955年才放下所有对张充和的情愫步入婚姻的殿堂。1980年，卞之琳作为中国著名学者访问美国，与当时在耶鲁大学艺术系当讲师的张充和重逢。那一年卞之琳已经七十岁，而张充和也早已不是沈家客厅里那穿着旗袍的少女。

1986年，已经七十二岁的张充和应邀回国参加在北京举行的纪念汤显祖逝世三百七十周年的演出活动。她和大姐张元和特意演出了一场《牡丹亭·游园惊梦》。她专门请卞之琳前来观看。她上台表演前告诉卞之琳散场后不要马上走，他们再聚聚。但曲终人散时，张充和发现卞之琳已悄然离开。这是卞之琳与张充和的最后一次相遇，此后两人再也没有相见。

2000年12月2日，卞之琳在北京逝世，享年九十岁。他去世后不久，他的女儿将卞之琳珍视一生的张充和书法长卷捐赠给中国现代文学馆。

卞之琳虽未能得到张充和的爱情，但他们之间的

向美而生

友谊长存。张家姐弟对卞之琳都很尊重。卞之琳也多次到张家老宅做客,受到热情款待。2000年,卞之琳过世,张家的家庭杂志《水》专门刊发了悼念文章,称他是张家所有人的朋友。这段"落花有情,流水无意"的故事,成为中国现代文学史上一段令人感伤的往事。

"不喜欢林徽因,喜欢陆小曼"

说起民国时期的美女,我们都会想起林徽因和陆小曼,不仅是因为她们两人长相好,还因为她们都和著名的诗人徐志摩有一定的联系。然而,对于林徽因,她的形象总被一些人贬低。当时,一些人对林徽因存在着较大的敌意,其中就包括张充和。

林徽因身为一位备受崇拜的女性,却在历史上引发了诸多争议。一些作品,如钱锺书的《猫》以及冰心的《我们太太的客厅》,似乎都暗含了对林徽因的批评和讥讽。这些作品提到林徽因交朋友只为衬托自己,还故作清高说英文,甚至讽刺她喜欢搞小集体。在冰心看来,林徽因不过是想让别人欣赏自己,哗众取宠而已。林徽因想要在杂志上发表文章,但由于杂志的编辑是冰心，她不让林徽因的文章过审，林徽因的文章便没有办法在这本杂志上发表。后来还有坊间传闻，冰心收到过林徽因送的几瓶醋。

1939年，因为抗日战争，张充和随三姐张兆和和三姐夫沈从文去了昆明。当时，林徽因和梁思成也住在昆明，由于沈从文是徐志摩的得意门生，因此他早在林徽因在北京家中客厅开沙龙的时候，便和梁思成、林徽因夫妇结下了深厚的友谊。不过，张充和并没有和林徽因建立起友谊，一方面是因为林徽因比她大了整十岁，两人年龄相差较大，另一方面是两人从小接受的教育不同，林徽因受西方文化的影响较深，与传统的张充和在处事方式上存在许多不同。

张充和评价林徽因，在众人聚会的时候，只要有林徽因在场，就没有别人说话的份。在张充和看来，尽管林徽因受人追捧，但她并不欣赏林徽因张扬的性格。而且林徽因太过高调，只要在公众场合，她永远都是焦点人物。因此，张充和在老年的时候，才会直言不讳地说她不喜欢林徽因。

张充和对陆小曼就是另一种态度了。

张充和第一次见陆小曼的时候，已经是抗日战争胜利后的事情了。此时的陆小曼丧夫多年，饱受舆论指责。这些磨难让陆小曼越发沉默寡言。陆小曼和张充和一样喜唱昆曲，书法和绘画也都不错。众所周知，陆小曼的字画清丽脱俗，婉转风流。张充和很喜欢这样的字画，因此她俩一见如故。两个人有非常多的共同语言。张充和对陆小曼的评价非常高。两人志趣相投，也就不怪乎张充和会对陆小曼的印象更好一些了。

　　当然，这可能也与陆小曼当时的困境密不可分。若是早年的陆小曼——那个与徐志摩结婚前的她，或者那个与徐志摩结婚时张扬、爱出风头，甚至染上吸毒恶习的她，张充和可能并不会对她产生好感。

　　如今，伊人作古，张充和之于我们的真正意义在哪里？我想远不止于她作为民国时期典型大家闺秀或昆曲大师的身份。她所留下的价值在于她那隐秘而深沉的内心世界，她在喧嚣世界中守护着一方静谧的庭院，以及她对珍爱之物的执着追求……

　　张兆和在张家的"幸福宝典"中排行第三，很多人都说兆和是张氏四姐妹中长得最漂亮的一位。她皮肤略黑却五官秀丽，人称"黑牡丹"。沈从文则称她为"亲爱的三三"。

　　三三小姐兆和，从小就展现出坚毅的性格。小时候，家里姐妹一起在"干坏事"被惩罚时，别的姐妹都哭得哇哇大叫，唯有她一声不吭，咬着牙硬忍。她精通英文，甚至说得比苏州话更流利，她擅长昆曲，同时在运动方面也表现出色，曾获得校运会女子全能冠军。这些优势都让她成为受人追捧的"万人迷"，因此她内心始终怀有一份自豪，也养成了她冷静理智、沉稳不露声色的特质。

　　十八岁那年，张兆和考上了在上海中国公学大学部外语系，每天都会收到很多封情书。然而,她全心投入学业,对那些追求者毫无感觉。闲暇时,她甚至给这些追求者排名次,编号为"青蛙一号""青蛙二号""青蛙三号"……沈从文的编号是"青蛙十三号"。十三,这个数字并不吉利,而她与沈从文后来的婚姻,似乎也与这个数字一样,充满了不幸。

沈才子的单恋马拉松

1929年,沈从文在徐志摩的推荐下进入中国公学大学部担任文学课的老师。当时,沈从文二十七岁,张兆和十九岁。他们两人因师生关系而相识。

沈从文第一次登台讲课时,因为他名气太大,所以教室里人头攒动,气氛紧张。沈从文感到巨大压力,一时语塞。他呆了十分钟,终于憋出了第一句话:"来这么多人,我要哭了。"因为紧张,沈从文讲得并不好,断断续续地讲着,整节课下来他只讲了十几分钟,坐在台下的兆和都替他尴尬。

下课后,沈从文在操场上偶遇正在吹口琴的张兆和,琴声悠扬,微风轻拂,场景宛如一幅美妙画卷。见到此景的沈从文,不受控制地动了心。

此后，沈从文开始对张兆和展开"攻势"，想尽办法追求她。他给张兆和写了几百封情书，其中有两段选取如下：

凡是我要向你说什么时，你都能当我是一个比较愚蠢还并不讨厌的人，让我有一种机会，说出一些有奴性的卑屈的话，这点点是你容易办到的。你莫想，每一次我说到"我爱你"时你就觉得受窘，你也不用说"我偏不爱你"，作为抗拒别人对你的倾心。

你的眼睛还没掉转来望我，只起了一个势，我早惊乱得同一只听到弹弓弦子响中的小雀了。

沈从文字字情真意切，无愧于"大才子"的称号。然而，张兆和却不为所动，毕竟她从小到大已经习惯了收到情书，早已对这些产生了"免疫力"。对于沈从文的追求，张兆和的态度并非感动，更多的是感到困扰。

为了追求张兆和，沈从文还托张兆和的好友王华莲传话，转达其爱慕之情。当王华莲告诉沈从文张兆和并不喜欢这些情书时，沈从文却说："也许将来她会要我，我愿意等她，等她老了，到三十岁。"

这情节，属实是沈从文一厢情愿了，细想之下有些令人不安……

校长要做媒

后来，张兆和不堪其扰，带着沈从文给她的一箩筐情书，向校长胡适告发，希望学校能够出面解决，让沈从文冷静下来。然而，事情并不简单，沈从文是胡适"挖"来的老师，他们之间的关系更好，于是胡适也参与其中。

胡适说："他顽固地爱你。"

张兆和果断地回答："我顽固地不爱他。"

胡适说，沈从文没有结婚，他的追求是正当的，张兆和同意不同意当然是她的自由。

胡适还说，沈从文对张兆和如此深情，张兆和答应不吃亏，他愿意去跟张兆和的爸爸说，做个媒。

张兆和被气跑了。

若是放到当今，胡适和沈从文这样的做法，恐怕会遭到人们的强烈谴责，甚至可能面临撤职的风险吧？张兆和特别生气，心想怎么会遇见这样的校长。然而，她如果了解到胡适在她离开后与沈从文写信的内容，可能就不会这样想了。胡适在信中写道：

　　这个女子不能了解你，更不能了解你的爱，你错用情了……爱情不过是人生的一件事（说爱是人生唯一的事，乃是妄人之言），我们要经得起成功，更要经得起失败。你千万要挣扎，不要让一个小女子夸口说她曾碎了沈从文的心……

胡适看得清、看得明。但沈从文不甘心，根本听不进去，情书依然源源不断地寄给张兆和，就这样坚持了四年之久。

来之不易的婚姻

沈从文的痴情已经把张兆和逼到了无路可退的地步。他觉得，倘若得不到她的爱，他就会萎谢甚至死亡。

1932 年，沈从文去苏州看望张兆和。张父是位爱才之人，对门当户对的观念并不在意，于是便同意了沈从文的提亲。1933 年 9 月 9 日，沈从文与张兆和结婚。这一年，沈从文三十一岁，张兆和二十三岁。沈从文拒绝了岳父的资助，婚礼没有正规的仪式，新房也非常简陋，唯一可记录的只有梁思成、林徽因夫妇送的锦缎百子图罩单。

结婚后，一切都变了。张兆和的生活质量一落千丈，从被多个用人服侍的大小姐，变成了每天亲自下厨的贤妻良母。生活中的矛盾层出不穷，她有很多不理解。

她不理解，穷得叮当响的丈夫为什么拒绝自己娘家的嫁妆和资助。他们根本就没有过上体面的生活。

她不理解，丈夫为什么那么好面子，手头没有钱还要借给别人钱。这完全是"打肿脸充胖子，不是绅士而冒充绅士"的愚蠢行为。

她不理解，家里经济紧张，丈夫却花那么多钱买些文玩古董回来。这些究竟有什么用？

············

多情才子情多多

死缠烂打追到手，结婚一年就出轨。

1935 年，沈从文偶然间结识了民国教育家熊希龄的家庭教师高青子。对于沈从文这位早早成名的大才子，高青子表现出了自己的崇拜和赞赏，二人相谈甚欢，成为"好朋友"。

后来，沈从文带领高青子进入文坛，将她的作品发表在自己主编的《国闻周报》上。在小说《第四》中，沈从文还塑造了一个以高青子为原型的角色。

毫无疑问，沈从文出轨了，他陷入了两难，不知道该怎么做才能圆满地解决这件事。1936 年春，沈从文冒着风雪出现在林徽因家，向她倾诉了这一切，并请求林徽因为他指点迷津。林徽因告诉他：坦诚，是夫妻间最起码的尊重。于是，沈从文听从了林徽因的意见，立即提笔给张兆和写了一封坦白信，详述事情的来龙去脉。当时的张兆和刚刚生下儿子龙朱，看到信后气愤地回到了娘家。

沈从文和高青子依旧有来往，感情纠葛近十年，高青子最终选择嫁给了一位工程师，这段故事就算是画上了句号。

爱情神话终结时

"你爱我，与其说爱我为人，还不如说是爱我写信。"

那些信，后来收入《从文家书》，这是一本读来让人流泪的书信集，只是，书中华美的文字盛开于不堪的生活之中。

1988 年，八十六岁的沈从文终于走到人生的尽头。沈从文去世后，张兆和致力于整理和出版他的遗作。1995 年，她在出版的图书中表达了她的感受：

> 从文同我相处，这一生，究竟是幸福还是
>
> 不幸？得不到回答。我不理解他，不完全理

解他。后来逐渐有了些理解，但是，真正懂得他的为人，懂得他一生承受的重压，是在整理编选他遗稿的现在。过去不知道的，现在知道了；过去不明白的，现在明白了。

晚年的张兆和已经不再记得沈从文。2003年，九十三岁的张兆和已经叫不出那个给她写了几百封信的男人的名字，那个娶了她后争吵一辈子的丈夫的名字。当有人拿着沈从文的照片给她看时，她说认识，但想不起来是谁了，或许在潜意识里，她想将他遗忘。张兆和溘然长逝的那一年，是她的先生沈从文一百零一年的诞辰。

尾　声

斯人已去，多说已无益。细想之下，张兆和真的是一位十分让人敬佩的女子。她既美丽又聪明，在求学时能理智地拒绝那些男孩子的追求，专心致志于学业。她清楚地认识到读书的益处和爱情的复杂性。

曾经，她拥有众多的仰慕者，抱有远大的志向。最终,她被一个自己并不看好的男人征服,与他共同生活,却切切实实地发现自己依然顽固地不爱他。不知她是否后悔,在最灿烂的青春岁月里,答应了这个男人的求婚,并与他度过了余生。然而,她依然坚持活出了自己的尊严,展现了独特的魅力。

合肥张氏四姐妹在世的最后一位张充和女士去世后，很多人感叹：那个时代彻底远去了，中国再也出不了世家名媛了。如今，人们总是用"最后的闺秀"来称呼张氏四姐妹，其实所谓"闺秀"并不准确。闺秀专指旧时代不出闺门的恬静女子，而她们姐妹四人却都是走出家门，读书闯天下的新女性。

父亲：家族变迁

张氏四姐妹的父亲张冀牖，生于 1889 年，卒于 1938 年。1913 年，他举家迁往上海。1918 年，他又举家搬到苏州。1921 年，他变卖部分家产，创办了著名的"乐益女子中学"。张冀牖这一系列的安排与行动，充分体现了一个清末家族的巨大变迁，展现了他改变家庭模式与思维方式的决心。

旧式的家庭多数受到"君君、臣臣、父父、子子""齐家、治国、平天下"观念的影响,聚族而居,注重门第与长幼尊卑,并不强调平等和博爱的观念,往往因人口众多而是非更多。当时,逊清的遗老遗少,居京的王公贝勒,无论多么落魄,大都还维持着清朝贵族的生活方式。然而,新式的家庭则不同,它是大家族的一支,不太受传统礼教的约束。

张冀牗搬家是为了独立门户,他旨在宣扬民主与科学、男女平权,塑造时代"新人",改变中国人愚昧落后的精神面貌。这与鲁迅等人宣扬的思想不谋而合。

民国时期,许多私人办学都是不盈利的,单靠学费收入也无法实现学校的正常运转。张冀牗不顾族人反对,一次次地变卖家产,前后投入二十五万元以上,最终因操劳过度,在四十九岁时英年早逝。他工诗文,喜昆曲,与社会名流交情深厚。学校聘请的教师中有张闻天、侯绍裘、叶圣陶、匡亚明等人,也有不少激进人士,曾秘密成立过地下党等组织。

张冀牗的五子张寰和曾经提到,父亲从来不向他们讲祖上是淮军将领的历史，家中也未设立祖宗的牌位，似乎故意与过往分割开。尽管如此，张冀牖还是保留了许多传统文人的行为举止：他喜欢藏书，曾经亲自前往上海的旧书店逐家搜罗旧书，从一家书店购买旧书之后，将书一一搬至下一家，再重复这一过程。此外，张冀牖对家人的关心和爱护也是显而易见的。他的母亲曾因疾病需用鸦片，后因上瘾而需戒除鸦片，这一过程艰辛。当看到母亲为了戒鸦片而受苦时，张冀牖心疼不已，于是与年幼的张元和一同跪在母亲面前，请求母亲循序渐进戒除鸦片，以免过于折磨自己。

教育：新旧兼顾

由于张冀牖既重视传统教育又重视新式教育，合肥张氏四姐妹得以在一个独特的教育环境中成长。当时，新式教育已经兴起，与仍然盛行的私塾教育形成鲜明对比。张冀牖的教育理念注重传统与现代的结合，主张中学为体，西学为用。因此，他让女儿们既读私塾，又上新式学堂。这种培养方式使得四姐妹在家庭的关怀下接受多元教育，走出家门却并不忘本，即便身

向美而生

处海外，也延续着家族的传统。

新式教育与旧式教育是完全不同的两套体系。在旧式教育中，知识分子主要学习"四书五经"，为日后的科举考试做准备；劳动阶层则主要学习《三字经》《百家姓》《千字文》和《千家诗》等，掌握基础文字和粗浅的文学知识即可。相比之下，新式教育注重数理科技和社会常识，但学的多是"小猫叫""小狗跳""蜗牛爬墙"的白话文，文言文也仅是选本，在古典诗文和传统文化的传承方面较为欠缺。

尽管旧式教育下的学生在数学方面可能表现不佳，但并不妨碍张充和、朱自清、罗家伦、钱锺书、康白情、臧克家、吴晗等在后来取得成功。这两种教育模式培养出的学生在思想觉悟和文化素养方面常有所不同，这也解释了我们对现代文学的评价为何存在如此大的分歧。

在张氏四姐妹中，传统修养最为深厚的当属张充和，她也是那个时代受到旧式教育影响最深的人之一。关于"最后的闺秀"这一称谓，实际上是出自张家二姐允和的回忆录。这个称谓或许是为了出书而精心构思的,但用这样的方式来形容合肥张氏四姐妹,似乎显得不太恰当。

婚姻:自由恋爱

张氏四姐妹并非奉行"三从四德"的旧式女性,而是走出家门的新时代女性。从辛亥革命到国民政府迁都南京,南方的社会风气逐渐改变。生活在苏州的张氏四姐妹,自然受到了新思潮的洗礼,而她们最亲近的老师正是新文化运动的先锋胡适,这位学者对她们的西化观念产生了不同程度的影响。四妹张充和凭借胡适的破格力争,在数学零分的情况下,最终进入北大学习。三妹张兆和与沈从文的爱情也与胡适有千丝万缕的关系,不然张兆和很难接受沈从文的追求。当时,沈从文不但是张兆和的老师,而且两人之间情感纠葛及家世背景差异引发了一连串的情感风波,成为社会关注的焦点。

除了张兆和,其他三位姐妹都是自由恋爱。尽管家庭曾对她们的婚姻有所阻碍,但她们的爱情之舟依然扬帆远航。

向美而生

大姐张元和嫁给了昆曲演员顾传玠。二姐张允和与周有光相恋。四妹张充和熬成"大龄剩女",三十多岁嫁给了一个外国人。在那个看重门第的年代,这些婚事足以成为当时的头条新闻。

独立:人生赢家

张氏四姐妹的每一个人不仅是一代名家的妻子,更是独立自主的个体。即使抛开丈夫的光环,她们仍凭借着自己的才情与智慧,在人生的道路上闪耀光芒。

1986年,张充和和张元和同来北京,张氏四姐妹在京相聚。她们参加了纪念汤显祖逝世三百七十周年的演出活动,这场大规模的演出在政协礼堂举行。整场演出被视为"非遗"经典,堪称是"大师级"的演出!张氏姐妹在《牡丹亭·游园惊梦》中的表现令人赞叹:七十二岁的张充和演杜丽娘,七十九岁的张元和演小生柳梦梅,年逾古稀的文博大家朱家溍配演大花神。整场演出唱腔老调古韵。演出结束后,大家对张充和赞叹不已,她饰演的杜丽娘既端庄又含蓄,与大姐张元和饰演的柳梦梅相得益彰。

张氏四姐妹从小就知道，人生要有目标，但不必以强硬手段达成。人性，比抽象的原则更加高贵。通情达理、志存高远、同情他人是父亲张冀牖留给她们的精神遗产。这让她们很早就知道，生活可以被视为一门艺术，而这门艺术既遵循道德规范，又闪耀着美德之光。

　　尽管张氏四姐妹各有各的传奇，也各有各的不如意，但她们的共同特点在于直面现实，不悲观、不抱怨，无论遭遇多少困难和打击，她们总能坦然地面对生活中的种种不如意，同时向世人展现出中国式的典雅生活。

　　时代变迁，新女性的标签仍然十分重要，其中独立和坚韧是不可或缺的品质。真正的新女性承受能力极强，却很少说自己是新女性。你们认为张氏四姐妹算得上是新女性吗？

向美而生

最近，我在家中整理爸爸的遗物时，发现了大量的家庭杂志《水》。这些杂志是父亲留下来的主要文字遗产。《水》是中国首创家庭杂志，在停刊多年后复刊，被老出版人范用誉为"本世纪的一大奇迹"和"世界之最"（最老的主编和发行范围最小的刊物）。《水》记录了家族七代人的故事，家族精神像流动的河水一样贯穿其中，每一页都呈现了一个个熟悉的面孔，犹如浪花般绽放。

我的名字虽然很普通，但是为我起名的家族长辈却非常不寻常。他就是我的干爷爷周有光先生。小时候，我和奶奶在北京居住过一段时间，在干奶奶张允和和干爷爷周有光家中度过了一段快乐的童年时光。

众所周知，周有光先生享年一百一十

岁,堪称"仁者寿"的典范。在他人生的最后几年里,他不再回卧室的床上睡觉,无论是小憩时分还是漫漫长夜,他都蜷缩在一张沙发上。他说:"床太高了,懒得动了。"然而,有些东西是岁月无法夺走的。尽管只剩几颗牙,他仍依靠它们进食,而不是使用假牙。他对外界新鲜事物的好奇和跟进更是令人敬佩。

"我只比你大一百岁哩"

周有光是周家五代单传,年轻时得过肺结核、抑郁症,算命先生说他只能活到三十五岁。1985年,胡愈之发起创办《群言》杂志,创刊时找了二十个人撰稿,其中就包括周有光。然而,到了这份杂志二十来岁时,其他十九位撰稿人都已离世,只剩下周有光一人。他笑言:"上帝糊涂,把我忘掉了。"

电影《阿凡达》热映的时候,他欣然前往观看;报上说星巴克很火,他便坐上轮椅到王府井品尝咖啡。一百零二岁时,他到北京郊区泡温泉,对一个两岁的婴儿说:"我只比你大一百岁哩!"一百零四岁那年,他跟人家大谈推特(Twitter)的新花样。即使腰背已经弯曲,无法再挺直,他依然雄心勃勃地说:"假如有人请我去演讲,我讲三个钟头也不会累。"一百一十一岁生日那天,周有光先生做出了一个大胆的决定:清空一切,从零开始。

在某种程度上,大部分时间里,他的世界仅限于眼前的九平方米,甚至缩小至那张长九十厘米、宽五十五厘米的掉了漆的老旧书桌。白天,他基本就坐在那里,读书、看报、思考、写作。对于生老病死,他说:"老不老,我不管,我是活一天多一天的。"他还给自己立了两个"三"——"三不""三自"。"三不":不立遗嘱,不过生日,不过年节;"三自":自食其力,自得其乐,自鸣得意。

经济学跨界的"周百科"

时光回溯,周有光实际上最初是经济学家,后来才成为语言学家、文字学家。20 世纪 20 年代,周有光在上海圣约翰大学学习经济学和语言学,主修经济学。他曾经被派驻美国华尔街工作。20 世纪 30 年代,他到日本留学,学的也是经济学。他撰写的《新中国的金融问题》《资本的原始积累》等著作，直到今天仍有重要的参考价值。

1954 年，一件事改变了周有光的人生。当时别人无法继续推进《汉语拼音方案》，有关领导让他来接手这项任务，他最终答应了。实际上，周有光在这方面有浓厚的兴趣和坚实的基础。早在 20 世纪 20 年代，他就学过语言学，20 世纪 30 年代，他积极支持汉字拉丁化运动，再加上 20 世纪 40 年代他对字母学做过研究，于是，他丢下经济学，变成了语言学家。

晚年的周有光和沈从文关系密切。"周百科"的外号，是沈从文先叫起来的，后来被传开了。改革开放初期，中美两国文化合作中有一项重要任务，即翻译美国的《不列颠百科全书》（英国人将版权卖给了美国）。这项任务由刘尊棋、钱伟长和周有光共同负责，周有光和倪海曙主张按照拼音顺序来排列条目，使得中国版的二十卷本《不列颠百科全书》具有非常方便的查询功能。这套书的质量相当高，受到了学界的广泛认可。

向美而生

汉语拼音的故事

周有光通晓汉语、英语、法语、日语四种语言。1954年，他出版了《字母的故事》一书。1955年，他提出拉丁字母汉语拼音方案构想。最先拟定的拉丁字母汉语拼音方案是由意大利传教士利玛窦在明万历三十三年（1605）创制的，叫《西字奇迹》，此后又有三十余种方案，但都未能取得完全成功，也没有广泛流行。

此后，周有光带领一个小组用了几年时间，制定出全新的拉丁字母汉语拼音方案。这一方案得到各方认可，于1958年得到第一届全国人民代表大会批准公布。1982年，国际标准化组织（ISO）决定采用拼音字母作为拼写汉语的国际标准，汉语拼音方案就此得到了国际社会的正式认可。在语言文字学方面，周有光出版了众多著作，包括《汉字改革概论》《世界字母简史》等多部书籍。

很牛的朋友圈

一个人的朋友圈往往对他的人生发展起着关键作用。周有光与何廉、吴大琨、许涤新、叶籁士、吴玉章、胡愈之、吕叔湘、王力、俞平伯、林汉达、刘尊棋、钱伟长、姜椿芳、倪海曙、沈昌焕、老舍等名人关系密切,其中一些人曾与他共事。

周有光与爱因斯坦也有过交往。1947年,在何廉的引荐下,他与爱因斯坦闲聊过两次。由于谈的都是家常琐事,过了很多年后,他已经记不清具体谈了些什么了。周有光岳父的朋友圈也相当的厉害,涉及蔡元培、蒋梦麟、胡适等大家。此外,周有光也曾与陈毅、毛泽东、周恩来等有很多交往。

以独特见解点评名人

周有光对许多名人都有自己独特的见解。他非常肯定两位重要人物,分别是胡适、朱镕基。对于胡适,周有光不敢以胡适的朋友自居,而是谦逊地认为自己只是胡适的学生。实际上,胡适与周有光是师友和知己的关系。周有光认为,从现在的角度看,胡适所言皆是有道理的,他从未胡说八道。作为有着金融实操经验的经济学家,周有光非常赞同朱镕基在任期间实施的一系列具有深远影响的经济政策。

周有光深知趋利避害。在旧时代,他为了避免引起麻烦而选择保持沉默。然而,他对社会生活的看法始终如一,从未改变,也从未说过违心之言。

斯文如《水》,一生有光。最后,让我们一起欣赏周有光的原话来作为此篇的收尾吧!

文化如水,从高而下不能逆流。

全球化时代的世界观,跟过去不同,主要是过去从国家看世界,现在从世界看国家……在全球化时代,由于看到了整个世界,一切事物都要重新估价。

原来,人生就是一朵浪花。

在我们这个大家族里，能与干爷爷周有光媲美者，唯其连襟沈从文先生是也。后者在文学与历史文物研究这两个领域中成就卓著。我小时候曾生活在北京，经常见到卧病在床的从文爷爷，他总是招手让我去他的床头说话。儿时的我虽未听懂他的话，因为从文爷爷的湘西口音实在太重了，但我心中充满了对从文爷爷的尊敬、感激和崇拜。

随着年龄的增长，我越发觉得沈从文的非凡之处。他深受湘西文化的滋养，汲取了苗族、土家族和汉族文化的营养，这些构成了他生命和创作的根基。1934 年冬天，从北平回湘西的沈从文注意到，存在于故乡进步变化之下的堕落趋势：

最明显的事，即农村社会所保有那点正直素朴人情美，几乎快要消失无余，代替而来的却是近二十年实际社会培养成功的一种唯实唯利的庸俗人生观。敬鬼神畏天命的迷信固然已经被常识所摧毁，然而做人时的义利取舍是非辨别也随同泯没了。

沈从文描述的乡下生活，如同一股清流，却只能在他的文字中流淌。有的时候，文字是唯一的痕迹。他的作品里，记录了爱恨情仇、生死离别的故事，他的文字如同见证一切的历史……《边城》里的翠翠，让人感悟到，人在不同境遇下也能展现出生机和独特的风采。人可以不受外界眼光的束缚，展现出自己独特的优雅气质。

沈从文还著有《中国古代服饰研究》，我很喜欢这本书。我相信，任何有时尚感的女生都应该会喜欢它，因为书里可以看到沈从文和斯蒂芬·茨威格著作风格的结合，甚至还能感觉到吴晓波的文风节奏感。

沈从文不仅以文学家、历史文物研究专家的身份广为人知，还从事编辑工作近四十年，编辑了二十多种期刊，尤其以主持 20 世纪 30 年代的《大公报》的文艺副刊而名闻南北文坛。有人说，他的作品有一种静观生命的虚静之感。

黄永玉先生曾经说：

> 过去，我很害怕表叔沈从文先生，他看我的文章一定要改很多，改的甚至比我写的还多。沈从文是个很矩规的老实人，一辈子朴素地生活和工作。他不像我，我是盐，他是棉花；如果历史是雨的话，他将越来越重，而我将越来越轻。我是经不起历史淋浴的，因为我太贪玩而又不太用功。

沈从文和张兆和的爱情历程也是很曲折的，两人生活不和谐，相互愧疚。直到沈从文去世后，张兆和在整理和编辑他的文字的时候，两人的心才真正实现了不分离。生命是复杂的，或许只能用沈从文的一句话来总结："我知道你会来，所以我等。"

沈从文的儿子沈虎雏在退休后全身心投入《沈从文全集》的编辑工作，几乎闭门不出地整理书信部分。2002年，在沈从文诞辰一百周年纪念日之际，《沈从文全集》面世，字数超过一千万字，其中四百万字为首次发表。该书收集了目前所能搜集到的沈从文的所有文字作品，除了传统的小说、散文等文学作品之外，还有大量从未发表过的作品，包括私人书信及沈从文后半生所著的物质文化史研究方面的作品。

家风使然，沈氏后人十余年来一直低调处世，甚至出席诸多有关沈从文先生的活动均以"不发言"为前提。后辈们在谈及沈从文时，感到极大的压力，他们深知必须准确表达，不能有丝毫夸张，懂得什么叫本分、什么叫自矜、什么叫尊严。

我知道，在我未曾去过的湘西，沈从文的墓地临江而建。墓碑上有这样的题字："不折不从，星斗其文；亦慈亦让，赤子其人。"这让我感受到了他的精神在家族中的延续。

在这个纷繁俗世中，名利的纷扰与人性交织碰撞，却意外地催生了对人设和物质的热衷，而舆论的焦点也似乎逐渐转向了闲谈和"带货"的现象。我恍惚觉得，这个世界还是需要一些静气和内涵的。因此，今天我想怀念一下黄永玉先生，他于2023年6月13日3时43分离世，天堂又多了一位老顽童。

黄永玉是沈从文的表侄儿。在我扬州的冬荣园老家，奶奶生前用的菜板，很多都是黄永玉创作版画时用来雕刻的木板，家族中自然也流传着许多这对叔侄之间的对话。

黄永玉曾经说：

人活着总要对得起这一天三顿饭，而我只会画画和写点东西。

对我来说，写东西是比较快活的，快活的基础是好多朋友喜欢看我写的东西。至于画画，我的朋友也喜欢，但画画更大的好处就是可以卖钱，卖了钱可以请朋友吃饭，可以玩，但画画没有写文章这么让我开心……

但我对文学是比较认真的。我写文章都是一个字一个字地检查，有时一小段话要改好几遍。我胆子小，因为这里的前辈很多，不能不小心。

黄永玉在这里提及的前辈，主要就是他的表叔沈从文。沈从文常常会对黄永玉的文章进行大量修改，有时候甚至改得比他写的还多。黄永玉也曾经这样评价他的表叔：

沈从文是个很规矩的老实人，一辈子朴素地生活和工作……如果历史是雨的话，他将越来越重，而我将越来越轻。我是经不起历史淋浴的，因为我太贪玩而又不太用功。

我的创作源于复杂的生活，这里头有痛苦，有凄凉。快乐不是我的追求，复杂的生活经历才是。快乐是为人生找一条出路、一种观点、一个看法。人生应该谅解、应该快乐。对人生从容一点，别嚣张。苦的时候别嚣张，得意的时候更不要，这需要修养，有知识的修养，也有人生的修养。

　　漂泊的苦、经济的苦、精神磨难的苦，黄永玉和沈从文都经历过。沈从文对黄永玉的性格非常了解，他预言黄永玉会受挫，因此他说：

　　不必求熟习世故哲学，事事周到或八面玲珑来取得什么"成功"，不妨勇敢生活下去，毫无顾忌地来接受挫折，不用作得失考虑，也不必作无效果的自救。

　　黄永玉给沈从文墓碑上的题词是"一个士兵要不战死沙场，便是回到故乡"；而给自己的是"爱、怜悯、感恩"。

向美而生

人生有天命。回头来看，黄永玉的山水和观音作品，都带有一股漫画的味道，散发着现代人身心自由的气息。他十四岁时，已成为中国东南木刻协会的会员，十五岁时创作了《下场》，并获得了人生第一笔稿费。黄永玉虽然没有固定的老师，但他认为生活和书籍就是他最宝贵的老师。他说过，人一辈子跟着书走，不会坏的。二十三岁，他在上海，加入中华全国木刻协会。二十四岁，他到香港，继续从事木刻艺术工作。尽管生活清贫，他和妻子张梅溪却甘之如饴，这位将军的女儿曾与他私奔。在香港，他刻了《生活苦我们快乐》这幅作品送给妻子。我们欣赏他的画，可以感受到他的赤子之心和幽默感，仿佛被爱包围。

黄永玉经历了世间的繁华与冷漠，见证了人性的变迁之后，仍能安静地活着，在人群中保持分量，这无疑是他内心力量的体现。人要用生命力代替才华，而这种生命力来源于韧性和坚持。黄永玉曾说，自己是一刀一刀刻出来的，他的生命力是结结实实的，不是运气，不是虚空。他的哲学底色源自庄子，自由自在、无拘无束、放浪形骸，他追求理想的逍遥状态，无所谓来处和归处。

徐志摩曾经写过《翡冷翠山居闲话》，黄永玉也写过《沿着塞纳河到翡冷翠》。徐志摩把佛罗伦萨叫翡冷翠，黄永玉也这么称呼。黄永玉说："任何一种环境或一个人，初次见面就能预感到离别的隐痛时，你必定是爱上他了。"很多人看了这句话，心会隐隐作痛，仿佛呼吸都变得沉重。想象六十多岁的黄永玉，在巴黎和翡冷翠的街头，旁若无人地专心画画，明亮的心照见自己也照见他人。所以，他写："明确的爱，直接的厌恶，真诚的喜欢，站在太阳下的坦荡，大声无愧地称赞自己。"

黄永玉本来打算在百岁那年办一场百岁画展，展出的作品全用新作。为了实现这个目标，他每天早起勤奋地画画。但显然，这件事不可能实现。黄永玉曾经说："等我死了之后，先胳肢我一下，看我笑不笑。"他的生死观是归属于自然主义的。

死是什么呢？他有一个浪漫的说法——

有一次在老家过年，放烟花的时候，弟弟的孙女问他："烟花是什么？"

他回答："这个是李太白，那个是苏东坡，一个一个放。"

"他们到哪里去了?"

"放完了,他们就变成星星了。"

世上的事情,说足了这头,就开始说那头了;世上的事情,结果早就注定,只是过程太漫长。天堂从此多了一位老顽童,他教会我们,生命力这东西,其实就是好奇心、求知欲、审美力和蛋白质的不断迭代和更新。

世上很多事情初看吓人,但多看几遍也就稀松平常了。热点人物、热点事件的背后,最好有一些知识、艺术、智慧的支撑,才能避免社会集体智商的流失。

几年前,我总感觉余生很长,现在又觉得余生好像也没那么长,江海所寄,结果早已注定,只是心中生出了些许根。这些根的关键是永远学习,在无常是常态的世界里,尽量让自己安静下来,追寻欢喜与自洽。

我的爷爷叫陈知先，是陈氏家族那一辈人中的老大。我爷爷堂兄弟中最小的弟弟是中国科学院院士、著名药物化学家、中国创新药物研究的学术带头人陈凯先。由于特殊的历史背景，陈氏族亲们散落在五湖四海，我也没有机会近距离接触这位小爷爷。

2022年2月4日（正月初四，立春），我这个侄孙女在陈百先爷爷家里，终于见到了这位天才一般的院士爷爷。他身材高瘦，头发乌黑浓密，脸上没有明显的皱纹，穿着一身黑色挺括的夹克，整洁而优雅。他说话的声音让人觉得年轻，语速始终不紧不慢，让我感觉他不过五十岁。

"小小药片能否像探月工程、大飞机那样，纳入国家重大科技专项，让国人用上更多本土创新药?"这是院士爷爷制定国家中长期科技发展规划时萌发的想法。

这些年,他为此倾尽全力,不遗余力地推动上海乃至全国生物医药产业的发展。他联合百余位院士建言小药片纳入国家重大专项,推动中国进入"创新药"时代。在2020年11月12日举行的浦东开发开放三十周年庆祝大会上,作为推动浦东自主创新高地建设的代表人物,他做了演讲。

虽然将近八十岁了,陈凯先爷爷依然保持着"早上下飞机,中午就开会,晚上回到家,接着准备第二天工作"的工作节奏。这么勤奋工作的人,不仅不显衰老,而且语言表达能力令人敬佩。他很喜欢微笑,即便在讲述专业科研工作或者介绍普通人难以理解的最新医药技术时,他的嘴角也总是上扬的。这样一个成就显著的人,除了努力,是不是有比一般人更好的运气呢?

院士爷爷似乎与好运气无缘,他的一生充满了磨难。高中时,他成绩优异,尤其喜欢物理,报考了复旦大学的物理系,却被分配到了化学系。1967年,大学毕业后,他被安排到安徽的农场劳动了两三年,随后成为湖南一个小县城制药厂的工人。随着国家恢复高考，1978年，他顺利考上中国科学院上海药物研究所的研究生，然而他报到的第一天，却被派去吉林大学学习需要高深数学水平的量子化学，而他在第一堂课的测验中得了零分。1985年，他博士毕业，又被派到了法国巴黎进行博士后的学习和研究。那时候，他既不懂法语，也不熟悉计算机操作……数不清的困难，但是他都克服了，并走到了今天。

迎难而上，绝对不是一件容易的事，我们大多数人更倾向于在面对困难时选择退缩。陈凯先爷爷说，他不是那种主动去争取的人，但是，只要让他做一件事，他就会把这件事放在心上，努力做到最好。

正是这种"做什么事，就要做到最好"的态度，让他接受了自己不喜欢的化学专业，尽管心中充满了失落和遗憾，但他仍然选择打开化学书本，踏实地学习。尽管面对测验得零分、语言不通和不熟悉计算机操作的困难，他依然选择硬着头皮，研究并尝试理解那些他不懂的知识。

害怕和逃避困难是人的本能反应。无数过来人告诉我们:"一切困难都是纸老虎。"杰出的人物不仅在自己的领域做出贡献,更是给予我们普通人无限的向上力量。

　　古罗马哲学家塞内加说:"教诲是条漫长的道路,榜样是条捷径。"我们相信什么,就会看见什么;我们模仿什么,就会成为什么。我们不可能成为自己从未见过的模样,所以我们看见什么很重要。榜样之所以是捷径,是因为在他们身上,我们看到了勇气、智慧、博学、谦逊和人文精神。我们会努力地去变得跟他们一样,从中得到启发,获得力量,最终坚定地前行。近距离接触陈凯先爷爷的一天,让我仿佛读了很多书,感受到了真挚的关爱,这样的情真意切是家人之间独有的。

爸爸和我，虽然已经天人永隔，但是仿佛还有一条长长的线将我们相连，这一端系着我，那一端承载着我们之间的许多回忆。这条线串起了我生命中最宝贵、最美好的记忆，爸爸不仅养育了我，也影响了我。

我的爸爸出身富贵之家，在我的记忆里，他永远像一个摇滚青年。年轻时的他喜欢留长发，穿皮裤皮靴，爱抽烟喝酒，骑着最酷的摩托车。人到中年，头发少了，他便索性理了光头。他在吉林省交响乐团度过了四十年无比自在的艺术人生，在小提琴和舞台美术领域小有造诣。

我妈妈说，我身上的坏习惯都是从爸爸那里继承的。确实如此，爸爸聪明但不用功，我也是如此；爸爸抽烟喝酒，不注意身体，我也同样如此；爸爸离了婚，而我在比他离婚时更小的年龄就经历了离婚。

我的爸爸从来就没有把我当成一个柔弱的女孩子，他一直希望我能够做到不比男孩子差。我五岁开始学书法，爸爸每天拿到报纸都会先看中缝儿，寻找各种书法比赛和培训的报名信息。一旦发现有区级、市级、省级的比赛，他就立刻骑着摩托车带我去报名。

我从小就有一个非常明确的目标——要好好读书，因为没有其他出路。我爸爸是上海知青，初中没毕业就去了东北插队落户。大概从我小学三年级开始，我爸爸就对我说："我什么都教不了你了。"我也曾经抱怨："别人家的爸爸都会，就你不会！"但是，现在我明白了，这其实是件好事。学习、工作、生活都是这样，越早做好独立的准备越好。

我的爸爸一直非常信任我。高二时，我们班的女老师请所有家长到办公室领学生手册。我爸爸打开学生手册，看到我几乎所有科目成绩都很好，唯独思想品德那栏里写了一个"中"。我爸爸非常惊讶，便问那个女老师，这个"中"是怎么回事儿。女老师说："你女儿与多个男生早恋。"我爸爸特别平静地说："哦,好的,那您能不能在纸上写下那些男生的名字?"女老师只写了一个名字,爸爸看后又问："还有呢? 不是说多个男生吗?"女老师听到后很生气,爸爸接着说："老师,我不跟您说了,我最了解我女儿,我还是找校长去说吧!"两人不欢而散。我当时就哭了,一是觉得很冤枉,二是感激爸爸的信任。从那时起,我提醒自己要更加自觉,做得更好,让爸爸更加信任我。

上大学前,爸爸反复告诉我："如果你和男同学出去吃饭,不能让男同学买单。"他总是提醒我要带足够的钱,所以我一直特别喜欢买单。爸爸给了我物质上的满足,让我这个女孩子非常有安全感。大学四年,我变成了一个很"没良心"的年轻人,忙着玩,忙着做梦。我的心里装着全世界,唯独没有爸爸。如果不是什么天打雷劈的大事,譬如生活费没了,我是不会给爸爸打电话的。

十八岁后,我一年只回两次家。爸爸平常不下厨房,但每次我从外地回家,他都会欣然下厨。罗宋汤是我最喜欢的汤,一定要爸爸亲自做,别人做的味道就不

向美而生

一样了。爸爸喜欢喝几盅酒，朋友们常笑我很会吃"花酒"，其实这是我从爸爸身上学到的。

工作后，我是一个辛苦的小"白领"，诗和远方已经破灭，只剩下成年人的苟且，日复一日地忙碌。我刚工作时，爸爸为我买了最贵的衣服和高跟鞋，他说："漂亮衣服穿在我女儿身上，我最开心。"我二十二岁拿到驾照，爸爸卖掉了一套房子，为我买了人生的第一辆小汽车。

爸爸退休后回到上海，每天会拉奏他的小提琴，抄写五线谱，去健身房游泳。爸爸说："乐器里比较难的、很要功夫的是小提琴。它只有四根弦，看似简单，但越是简单的东西越难掌握。"

记忆中，爸爸从来都是那么潇洒和健康，以至我从没想过他会生病。当爸爸被确诊为肺癌的那一刻，我突然看到人生的某些残酷之处。每个人大概都会有那么一天，要正视与这个世界上最爱我们的人开始漫长的分离。

爸爸从来没有跟我说过"我爱你"，就像我从来没有跟他说过"谢谢你"。然而，他给了我一百分的爱，而我却不确定,我是否能回报他哪怕十分之一。我非常想念爸爸,现在还常常梦见他。我的那些梦本与他不相干,但他总是出现在我的梦里,仿佛他本该在那里。

因为爸爸的宠爱,我的人生总是充满温暖,这也让我比别人有更富足的精神世界。在我的心里,爸爸永远是一个聪明绝顶、天马行空、落拓不羁、我行我素、热爱生活、仗义豪爽的绅士!一个游离于浪子与君子之间,却永远不背离善良的世家子弟!

我感恩我的爸爸,他恩重如山的养育,他不动声色的善良,让我记住我是靠吃饭长大的,是靠读书长大的,也是靠爱长大的。他教会了我应该如何去爱这个世界。

生死的倒叙

网络上流传这样一句话:你和死亡好像隔着什么,没有什么感受,你的父母挡在你们中间,等到你的父母过世了,你才会直面这些东西,不然你看到的死亡是很抽象的,你不知道。

所以,当听到别人离世的消息时,我们并不会有特别的感觉。只有在父母过世的那一刻,我们才会直面死亡的现实。父母一旦离开,我们便直接站在了死亡面前,逃无可逃,躲无可躲。

我的爸爸被确诊肺癌时,已经是第四期了,这个病发展的速度快得惊人。在最后的三个月里,我甚至没有任何办法帮他减轻一点点痛苦,眼看他痛苦地咳痰,眼看他四肢逐渐不能自主活动,眼看他身体的功能迅速丧失……

当死亡真正带走爸爸的那一刻，我真的不知道他去了哪里。我总会有错觉，仿佛他还在喊我的名字。科学松鼠会对此有一个颇为温暖的解释：

> 如果每个人都是一颗小星球，逝去的亲友就是身边的暗物质。我愿能再见你，我知我再见不到你，但你的引力仍在。我感激我们的光锥曾经彼此重叠，而你永远改变了我的星轨。纵使再也不能相见，你仍是我所在的星系未曾分崩离析的原因，是我宇宙之网的永恒组成。

一世父女，三生有幸。爸爸离开后，我久久无法走出来。朋友跟我说："要不抄抄《金刚经》？或许能让你平静下来。"当我抄到"云何应住，云何降伏其心？"的时候，忽然想到了六祖慧能关于风动幡动的讨论。当时隐姓埋名的慧能与一众僧侣听印宗法师讲《涅槃经》，此时一阵风起，幡飘动起来。

一位僧人问："幡是无情物，怎么会动？"

有人答："是因为风吹幡动。"

僧人又问："那风也是无情物，为什么会动？"

有人答："因为风跟幡的因缘关系。"

这时候慧能却说："不是风动，不是幡动，是几位仁者的心在动啊。"

风也好，幡也罢，都是"因缘聚合"，可是缘呢？缘起性空。爸爸告别仪式的那天，一阵阵寒风吹来，我的心没有动，我只是感觉到了天寒地冻。爸爸离世后，每当我回忆起自己的原生家庭时，总会感悟到"缘起性空"的重量。

昨晚的饭局上，钱总推荐我读伍迪·艾伦的《倒序人生》，诗中写道：

　　下辈子，我想倒着活一回。

　　第一步就是死亡，然后把它抛在脑后。

　　在敬老院睁开眼，

　　一天比一天感觉更好，

　　直到因为太健康被踢出去。

　　领上养老金，然后开始工作，

第一天就得到一块金表，还有庆祝派对，

四十年后，够年轻了，可以去享受少年生

活了。

狂欢，喝酒，恣情纵欲，

然后准备好可以上高中了。

接着上小学，

然后变成了个孩子，无忧无虑地玩耍，

肩上没有任何责任，

不久，成了婴儿，直到出生。

人生最后九个月，在奢华的水疗池里漂着，

那里有中央供暖，客房服务随叫随到，

住的地方一天比一天大，然后，哈！

我在高潮中结束了一生！

倒叙人生的好处在于，所有失去的都将有机会重逢。昨天夜里，我梦到爸爸从病床上起身，絮絮叨叨地讲述我童年的生活。我眼见他身体一天比一天好，很快他就出院了。他走在我前面，在吉林省交响乐团的大院里，骄傲地对遇到的同事说："我女儿可好了，我这

向美而生

辈子养了一个好女儿。"

一梦醒来,我抬头看看澄明的星空,似乎听到有人催促我回家的呼喊声……

冬来时,冰封至,世界寒冷得没有可容我之处。春暖了,花开了,一颗解冻的心可以融化整个世界。

《红与黑》与《红楼梦》都有一抹红色。

在《红楼梦》中，红色代表了贾宝玉崇拜的女性们所展现的生活色彩；而在《红与黑》中，红色象征着鲜血、爱情和欲望，与黑色的权力、阶级和荣誉交织在一起，凝聚成一场迎面而来的风暴。无论是《红楼梦》中的贾宝玉，还是《红与黑》中的于连，他们都是反抗父母和社会期待的"红孩儿"。

《红楼梦》里贾政试图定义贾宝玉的一生，而贾宝玉不断地抗争……

荣国府的贾政跟夫人王氏生的儿子宝玉，出生时嘴里含着一块宝玉。接生的人认为这是"生一送一"，生儿子送宝玉。然而，贾政却并不开心，他认为"事出反常必有妖"。

贾宝玉周岁的时候，贾政想了解自己的

孩子将来会成为什么样的人。

他希望通过抓周来预测孩子的未来。万万没有想到，宝玉抓起的是脂粉钗环。贾政勃然大怒，转身就走，从此不再喜欢这个孩子。宝玉也是可怜，才一岁就开始了与老爸的抗争。抓周在今天看来不过是图个喜庆，但贾政为何如此认真？

我们要知道，贾政一直看重的是官印，盯着的是那些儒家经典，时常萦绕在他脑海中的，是张载的横渠四句："为天地立心，为生民立命，为往圣继绝学，为万世开太平。"想必贾政在同僚们面前曾洋洋得意地表示，他贾家世代为公卿，贾家的孩子也必然出将入相，继续为国效力。同僚们听完自然奉承有加，贾政对孩子抱有高期望是必然的。

贾政太过执着于让自己的孩子按照他的期望来行事，他的先见之心愈强，一旦遭到否定，愤怒也就愈发强烈。宝玉抓了脂粉钗环，这让贾政颜面何存？因此，我们能够理解贾政的愤怒情绪。

贾政的一生，是由他的爸爸决定的。贾政的爸爸贾代善曾做官，爸爸去世后贾政便继承了父业，他的人生就是这么简单。因此，确定性成了贾政的人生基本观念。他似乎并未深刻领悟，人生是由很多东西决定的。

贾宝玉在成长过程中自然也能感受到父亲贾政对他的不满，因此开始走上了反抗道路：越是贾政不喜欢的，他越要去做。当宝玉长到七八岁时，竟然还发表了一番言论：女儿是水做的骨肉，男人是泥做的骨肉，他见了女儿便清爽，见了男子便觉浊臭逼人。这令贾政的批判何止是"非也非也"，他认定自己的儿子是个淫魔色鬼。对于那些不能领悟天道玄机的人来说，其中的深意自然难以理解……

《红与黑》里的于连也经历了与父亲对抗的成长过程。

《红与黑》的男主角于连的父亲也不喜欢于连。尽管于连能够将《圣经》倒背如流，但他并不能在家里的木工厂帮工。因此，于连从小就经常被父亲打骂。

于连虽然并不十分英俊，但文质彬彬，非常清秀。在宁静的时候，他的眼中闪烁着火一般的光辉，好像在深思和探寻。他很崇拜拿破仑，梦想着自己可以穿上拿破仑军队的红色军装。然而，随着拿破仑迅速倒台，于连不得不放弃梦想，穿上了传教士的黑色道袍。幸运的是，因为他熟背《圣经》，他的人生出现了转机，当地的市长邀请于连做自己孩子的家庭教师。

于连的父亲得知后，最关心的是薪水问题和市长家管不管饭；而于连最关心的是吃饭的时候是跟主人一起吃，还是跟仆人一起吃。也就是说，于连的父亲在乎的是金钱，而于连在乎的是尊严。

于连来到市长家里时，发现市长夫人高贵而优雅，便产生了征服她的想法。市长夫人见到这个年轻人后，也被他那簇年轻的火焰所吸引，两人很快陷入了爱河。然而，这场爱情是不长久的。市长夫人不可能为了于连放弃一切，对她来说，于连不过是无聊生活中的一抹刺激；而在于连眼中，市长夫人也仅仅是他用来证明自己力量的猎物，使他深埋心底的拿破仑情结得到了释放。

结束了市长家的家庭教师工作后，于连被聘请到了一位侯爵家中。在那里，于连认识了侯爵的女儿玛特尔小姐，并将她视为新的猎物。于连很快赢得了玛特尔小姐的芳心,并与她结婚,成为侯爵的女婿,从此人生的上升通道一举打开。

可就在这时候,市长夫人在神父的逼迫下,坦白了她和于连的关系。于连听后恼羞成怒,冲去教堂对着市长夫人连开三枪。虽然市长夫人没有被打死,但是于连因此被捕入狱。市长夫人跪在皇帝面前替于连求情,玛特尔小姐为救于连四处奔走,但是狱中的于连拒绝了一切赦免的机会。他说,他们没有资格审判他,实际上比他要肮脏得多。最终,于连被砍了头。

这个故事里,我们看到了一个有才华的年轻人的挣扎。他身上有"凤凰男"的痕迹,有让人憎恨的地方,也有让人可怜的地方:他想沿着一根竹竿往上爬,但上面的人要把他踢下去,下面的人要把他拽下来,他就这样被联合绞杀了。

一百个人心中就有一百个哈姆雷特。

我们也可以从不同的角度来思考这两个"红孩儿"的故事。他们的故事看似都是悲剧,但在我看来却不尽然。我读到的是两个年轻人波澜起伏的一生。我在他们身上,看见了政治,看见了爱情,看见了人性。贾宝玉和于连，都经历了大起大落的人生，他们年轻时都曾经和父母抗争。他们的人生没有被谁定义，从这个意义上来说，他们的确在不断变强。

如果你是于连，摆在你面前有两条路；一条是着红色军装的革命之路，充满了危险；一条是披黑道袍的传教之路，因循而守旧。你会选择哪一条路？

如果你已经到了人生的最后关头，自己的钱财被骗光，或者自己的恋人一生都在欺骗你，那么你的人生是否还有意义？如果人生注定是一场悲剧，你会选择命运必经的陷阱，还是选择没有意义的人生抗争？

1776年,亚当·斯密写出了《国富论》,从学术的角度揭示了资本让社会更有效运转的内在逻辑。比《国富论》晚几年的《红楼梦》也敏锐地捕捉到了这一时代的变迁。虽然曹雪芹创作《红楼梦》的具体年份不详,但可以肯定的是,他的创作时期在乾隆时期,当时清政府闭关锁国,整个国家沉浸在盛世天朝的迷梦之中。

然而,曹雪芹却发出了冷笑,摇头叹息道:"好一似食尽鸟投林,落了片白茫茫大地真干净!"他的意思是:大清即将衰亡。许多人认为曹雪芹是疯子,但他回应道:你们不信,就看看大家族没落的故事吧!

大家族衰落有前兆

俗话有云"三代才能培养一个贵族"，也就是说，只有到了第三代，子孙才会具备真正的贵族气质。而经过三代的繁荣，家族中可能会出现雅士，开始收藏古董和字画。一个家族走向没落，必然伴随着大量古董字画的流出。从某种程度上来说，古董字画是富贵之家的"底层黄金"，变现起来倒也不难。我有几个富贵朋友，他们几年前开始卖家里的古董字画。通过古董字画的流动，我们可以看出哪些家族正在兴起，哪些家族正在没落，哪些翰墨诗书之家已经一代不如一代了。

一个家族衰落的标准，一是金钱亏空，二是子孙无能。金钱亏空，家族的排场就难以维持；子孙无能，家族的未来就难以捉摸。从这两点上来说，曹雪芹笔下的贾府确实快要完蛋了。贾府没有男丁可以继续挑大梁，而女孩们的政治联姻也没能获得预期效果。

一个家族的衰落还有个明显前兆，就是家族子孙打肿脸充胖子，热衷于搞各种排场。为什么很多富豪那么喜欢搞排场？其实很多公司机构也深谙其道。原因是，如果不讲排场，他们可能会倒下得更快。一个家族的兴衰靠的不是节流，而是开源。如果你不懂这个道理，就很难理解有钱人的思维。

用电影《泰坦尼克号》里露丝妈妈的话来解释，就是：我们家什么都没了，但是你父亲给我们留下了一个贵族头衔，只要有这个贵族头衔，我们就可以吸引"富二代"的注意力，那样我们的家族就可以继续过上奢侈的生活。

在这种情况下，你觉得露丝会穿质量低劣的衣服吗？不会的。她一定会打肿脸充胖子，穿最美的衣服，跳最美的舞蹈，参加高级别的聚会，而这一切都是需要钱的。而这样做的原因就是争取一个东山再起的机会。可惜，她偏偏爱上了一个穷画家。

同样的，虽然曹雪芹笔下的贾府正在衰落，也开始卖古玩了，但排场绝对不能输。只有保持排场，才能吸引趋炎附势的人，才能让官场上的对手不敢轻易动手，才能收回放出去的贷款，才能让家族里的仆人心甘情愿地卖命。真实的情况，只有少数智慧、敏锐的人才会清楚。

刚日读经，柔日读史

以前，王侯大户人家的孩子读书，要求刚日读经，柔日读史。经是《大学》《论语》等儒家经典，告诉人们要诚恳、正直，对世界充满爱，这些教诲无疑都是对的。然而，富贵之家的孩子如果只学这些，不读历史，就会变得迂腐。

我的周围有很多喜欢传统文化的朋友。有些人学了国学之后，表现出一种道德至上主义的倾向，似乎所有事情都必须符合爱与正义的标准。诚然，这些东西都非常重要，但是，如果你读了历史就会发现，事情并不会如此简单。比如，为什么心怀善念的人却常常处在困顿、被动和痛苦之中？所以，我们一定要学会在爱与实力、爱与真相之间保持平衡。

有部电影叫《少年派的奇幻漂流》，讲一个名叫派的少年和家人带着很多动物从印度坐船去加拿大，结果遇上海难，其他人都死了，只剩下派和一只老虎。他们在救生艇上经历了许多磨难，最终共同脱离困境。

表面上看，这是一个励志的故事。实际上，真实的故事可能并不那么浪漫。也许碰上了海难之后,船上的人们经历了激烈的争执。刚开始还有食物吃,后来资源逐渐匮乏,局势变得紧张。最后这个少年可能采取了极端的生存手段,才一个人漂流到了安全地带。

少年派和老虎其实代表了内在的两个自我,一个善良的我,一个凶暴的我。我觉得这个解释更符合《少年派的奇幻漂流》这个故事的本质。在对真相的理解与爱之间取得某种平衡,才是真正的生存法则。只有真相而没有爱,生活会变得毫无意义;只有爱而无真相,生活就成了一种虚妄。在相对安全的时候,只追求真相而缺乏爱的人,或者只关注爱而忽视真相的人还可能存活,而在危险来临时,往往最先被淘汰的就是这两种人。

擅长转变角色,顺便学点艺术

无论家族兴衰,世家子弟都要学会扮演不同的角色,而不同角色要求转换不同的处事风格。如果总是坚持一个固定的角色去做事情,那就会"戏路"太窄。独处时,可以是清高的文人;拜访领导时,应是谦虚的

红色生长(Red Growth)，2021(创作者:当代艺术家陈澈)

蓝色海洋(Blue Ocean)，2017(创作者：当代艺术家陈澈)

蓝色呼吸(Blue Breath)，2016(创作者:当代艺术家陈澈)

绿色丛林(Green woods)，2007(创作者：当代艺术家陈澈)

梦幻丛林(Dream Jungle)，2018(创作者:当代艺术家陈澈)

内生长(Inner Growth No. 1)，2021(创作者:当代艺术家陈澈)

内生长(Inner Growth No.2)，2021(创作者：当代艺术家陈澈)

内生长(Inner Growth No.5)，2022(创作者：当代艺术家陈澈)

内生长(Inner Growth No.6)，2023(创作者:当代艺术家陈澈)

未知生长(Unknown Growth No.4)，2022

(创作者:当代艺术家陈澈)

未知生长(Unknown Growth Yellow)，2015

(创作者:当代艺术家陈澈)

雨林(Rain Forest No.2)，2015(创作者：当代艺术家陈澈)

下属;开家长会时,应是温和有原则的家长……"戏路"要广,这样接触的人多了,欣赏自己的人也会大概率变得更多,我们就能从别人的欣赏中获得自信,这对个人乃至家族来说都是非常重要的。

世家子弟的精神世界中,艺术是不可或缺的。伟大的艺术作品,无论是绘画、音乐还是文学,都在以下三个条件中具备其一:要么是抽象解释了所处的时代,要么揭示了人性中的某些部分,要么暗示了时代的走向。艺术是纯粹属于你和被欣赏对象之间的事情。当你凝视一幅画的时候,你就暂时活在了色彩描摹的世界中;当你聆听一首乐曲的时候,你的思绪就会跟着音符驰骋翻飞;当你阅读一本名著的时候,你的生命就会在智慧的阶梯上不断攀升。这样,不管遇到挫败还是失意,你都可以退回这片精神世界里寻求慰藉。

无论福祸吉凶,韧性永远要在。我们要用旁观者的视角去观察每一个自己离开的地方,就像每一只青蛙看待自己跳脱的井口。王阳明游山能悟道,贾雨村玩水想到厚黑学,所以,一个人的基本素质决定了他能达到的境界,也影响了家族兴衰的节奏。

　　1839 年，进化论的奠基人达尔文结婚了。作为提出"优胜劣汰、适者生存"理论的生物学家，他或许未曾预见自己的后代将如何发展。尽管生物进化与社会地位之间并没有直接关系，但事实显示，即使经过了一百十多年的发展，达尔文的第五代子孙依然保持着较高的社会地位。

　　无独有偶，在中国也不乏类似的现象。

　　著名作家金庸（查良镛）和现代派诗人穆旦（查良铮）是堂兄弟，均出身于书香世家——海宁查氏。海宁查氏在明清两代涌现了许多进士，其中还包括康熙皇帝的文学侍从，可见其文士传统延续至近代文坛的两大人物：金庸和穆旦。

　　由此可见，古今中外，无论从先祖追踪子

孙,还是从子孙追溯先祖,社会地位的流动都是缓慢的。出身于高社会地位家庭的后代,往往更有可能继续保持这种社会地位。

通常情况下,我们把"财富"和"教育"的水平视为评判社会地位的标准,但实际上,社会地位是财富、教育、收入、健康状况等多种因素综合作用的结果,甚至寿命也可以作为考量的因素。

海外学者经过多年研究发现,社会地位与身高、基因等生物性因素一样,是可以"遗传"给后代的。一个高社会地位的精英家庭,通常需要经过十到十五代(三百到五百年)的传承,家庭最初的优势才会逐渐烟消云散。

很多研究表明,能够影响家庭社会地位的两个重要因素是家庭教育和婚姻。

家庭教育主要体现在教育资源和"文化遗产"两个方面。在晚清和民国时期,许多名门大族设置专门的族学,以供同姓子弟接受基础教育,并且有专门的族田收入用于教育支出。此外,家庭的"文化遗产"则是一种更为隐形的传承。以海宁查氏(金庸家族)为例,他们秉持"诗书之家"的家学传统，每位后代都必须通过读书和接受教育来维持家庭地位。虽然同姓子弟均能通过科举取士的概率极低，但只要有一人能取得举人资格，那么整个家族的教育资源和社会地位就能得以延续。

除了家庭教育，合适的婚姻对维持或提升家族社会地位的影响也不可小觑。适合的婚姻并非我们传统意义上的门当户对，它不仅要考虑个人的背景，还需考量双方家庭的情况，包括父母、兄弟姐妹乃至堂表亲、祖父母等的社会地位。如果双方亲属关系中曾出现高社会地位的成员，那么，这可能为未来家族成员达到相似的地位提供了一定的可能性。然而，真正的关键在于个人的努力、机遇和双方共同的经营与奋斗。

中国的传统精英家庭深谙其道。比如，合肥的书香世家张家在晚清和民国时期的发展状况，尤其体现在张元和、张允和、张兆和、张充和四姐妹身上。她们不仅习得了传统教育，还接受了新式教育。张氏四姐妹各有所成，又分别嫁与昆曲演员顾传玠、语言学家周有光、文学家沈从文和德裔美籍汉学家傅汉思。从家

向美而生

庭社会地位延续和传承的角度来看，张氏四姐妹比她们的同胞兄弟们更具代表性。

一个人的整体表现中，良好的家庭教育积累是非常重要的。以无锡钱氏（钱锺书家族）为例，钱基博对钱锺书的教育重点并非放在追求全才上，而是注重将儿子的兴趣和天赋发展为专长。通过对儿子的观察和了解，他着重培养钱锺书在文学和历史上的素养。对钱锺书而言，这是他日后成为中国文史大家的必不可少的家庭教育。

同样的家族传统可以根据孩子不同的天赋和兴趣，将上一代的优势发展为下一代人的教育资源，使家庭教育成为学校教育的坚实基石，最终促成了一个孩子能飞得更高、走得更远。今天的我们，更应该尊重个体的差异和选择，理解多元化发展的宝贵。

对于普通家庭，父母要从自身做起，为孩子积累"文化遗产"和构建良好的家庭文化氛围。每一代人在社会地位上的积极争取和持续积累都是至关重要的。无论出身如何，我们都要始终保持一颗追求卓越之心。积善之家，心存仁厚，美好的事总会降临。

辑二　内在成长

史铁生是我最喜欢的作家之一。他给人的感觉是,人生总有那么一击会击中你,但是你总能找到办法重新站起来。的确,史铁生二十一岁双腿瘫痪,之后开始写作。他热爱田径,甚至将其列为第一喜欢的事情,而文学则排在第三。一个这么热爱田径的人,却双腿瘫痪,让我们不禁思考:当我们失去生命中珍贵的东西时,究竟该如何继续生活下去?史铁生为我们找到了答案,他教会我们活下去的方式。

史铁生说:

就命运而言,休论公道。

那么,一切不幸命运的救赎之路在哪里呢?

设若智慧或悟性可以引领我们去找到救赎之路，难道所有的人都能够获得这样的智慧和悟性吗？

我常以为是丑女造就了美人。我常以为是愚氓举出了智者。我常以为是懦夫衬照了英雄。我常以为是众生度化了佛祖。

所以，他说过："活着不是为了写作，而写作是为了活着。"他的文章如朝霞、如旭日，后劲十足。他的小说《命若琴弦》更是被改编成电影《边走边唱》，为大众所熟知。

小说《命若琴弦》主要描写了一位盲人琴师，他整日走街串户，以弹弦说书为生。这位盲人琴师从小跟着他的师父学艺，他总是爱问自己的师父："我要怎么样才能看见这个世界？我的眼睛还会复明吗？"师父告诉他："能啊！你的琴槽里就藏着让眼睛复明的药方。你只要每天认真弹琴，坚持下去，时间长了，琴弦用旧了就会断。当你弹断第一千根琴弦时，就能从琴槽里拿出那个药方，那时你就可以看见这个世界了。"

抱着这样的信念,盲人琴师将自己内心的寂寥与悲苦,以及对光明世界所有的想象,都倾注在了琴弦之上。他每天坚持刻苦练琴,日复一日,年复一年,琴弦一根根地被弹断,他的琴艺也越来越精湛。

时光飞逝,沧海桑田,盲人琴师在苦涩的岁月中渐渐变得与当年师父一样苍老。终于有一天,随着铿然一声响,他弹断了第一千根琴弦。他急切地在琴槽里寻找那张让眼睛复明的药方,果然摸到了一张纸。他将这张纸拿出来,让别人读给他听,心中充满了对光明世界的憧憬。

然而,看到这张纸的人都沉默不语,他们不忍心告诉盲人琴师,其实那只是一张白纸。好一个"命若琴弦"!在盲人琴师弹断第一千根琴弦的那一刻,他一生的辛苦也走到了尾声,而生命的真正意义,却在那一根根琴弦的断裂中得以真实展现。

从古到今,袅袅琴音始终萦绕在中国人的生活里,正如我们耳熟能详的"高山流水遇知音"的故事。俞伯牙鼓琴心怀泰山时,樵夫钟子期说:"巍巍乎若太山!"俞伯牙鼓琴心思流水时,钟子期又说:"汤汤乎若流水!"伯牙觉得心中所想无不毕现，鼓琴得遇钟子期这位知音是幸运之事，于是与钟子期结为生死之交，并约好来年此时再见。

第二年相会之时，伯牙如期前往，钟子期却未见踪影。俞伯牙便弹起琴来，用琴声召唤知音，但久久未见人来。终于，他从一位老人口中得知，钟子期已经去世了。伯牙来到钟子期坟前，弹了一曲《高山流水》，然后扯断琴弦，砸碎琴身，发誓不复鼓琴，只因知音已去。

细想《命若琴弦》的盲人琴师，他一辈子以琴弦为寄托，与俞伯牙于琴中倾情，实在如出一辙。琴弦之声能够传递出强大的力量，最为人熟知的故事恐怕要数"空城计"。三国争霸时期，司马懿率十几万魏军直逼诸葛亮所在的西城。当时，诸葛亮身边没有一员武将，只有一帮文官，而一半守军还去运粮草了。诸葛亮命人把所有的军旗都收起来，然后把四个城门都打开，在每个城门口派出二十个士兵，装扮成老百姓洒水扫街。诸葛亮则身披鹤氅，一个人端坐在城楼上，手抚七弦琴。他的那份从容与镇定，令司马懿止步不前、心生疑惑，认定城中必有雄师埋伏。背倚一座空城，眼前万千敌兵,此时此刻,琴声就是诸葛亮心中的千军万马。

范仲淹毕生只弹一首曲子,名为"履霜",该曲表达了人在霜雪中经受清寒的感受。人们因此给范仲淹起了个外号,叫"范履霜"。是他的悟性太差吗?是他的技巧不熟吗?都不是,只是因为此曲契合他的心意,足以寄托平生,一曲足矣。

琴弦从来不孤单,它常常有诗、酒相伴,所以古人称诗、酒、琴为"文人三友",三者之间默契相通。酒逢知己,琴有知音。李白写出了《山中与幽人对酌》:

> 两人对酌山花开,一杯一杯复一杯。
> 我醉欲眠卿且去,明朝有意抱琴来。

史铁生说过:

> 生命的意义就在于你能创造这过程的美好与精彩,生命的价值就在于你能够镇静而又激动地欣赏这过程的美丽与悲壮。但是,除非你看到了目的的虚无你才能够进入这审

美的境地，除非你看到了目的的绝望你才能
找到这审美的救助。

可见，人生的目的和意义似乎是一体的。琴声和
琴弦虽显柔弱，但唯有这种柔弱才能识别爱意。"柔
弱，是信者仰慕神恩的心情，静聆神命的姿态。"这就像
极了温柔。温柔，并不仅仅体现在你说话的态度有多
好，而是源于你真正懂得包容、宽容与利他，唯有如此，
你才是真正的温柔。

在史铁生的文字中，我们看到了自己的身影，深刻
体会人情与友爱的美好，同时也深知世态炎凉的常态，故
而能如罗曼·罗兰所说："看清了这个世界，而后爱它。"

春天是树尖上的呼喊，夏天是呼喊中的
细雨，秋天是细雨中的土地，冬天是干净的土
地上的一只孤零的烟斗。

命若琴弦，不惜歌者苦，但伤知音稀。

"都给别人"

《热辣滚烫》里的乐莹,三十二岁,邋遢臃肿,嗜睡如命。她没工作,没结婚,没钱……她长相普通、性格内向,是个善良的讨好型人格的人。总之,她只要有什么,都会给别人。

她的妹妹明明有求于她,却对她颐指气使,她甚至把房子过户给了妹妹。远房亲戚为了自己的工作,要求她站上台当个滑稽的"小丑",忍受恶意剪辑和语言暴力。她喜欢上教练昊坤,与他短暂地"恋爱",几乎倾尽了所有少女心,为了他的梦想在背后默默付出,结果却遭到辜负。当昊坤当面怒吼,说自己从没正眼瞧过她时,她只能顺从地离开。

乐莹愿意"都给别人",但别人未必心存

感激,甚至可能以怨报德。看到这些,我们都会愤怒:"你为什么不反抗?!"然而,我们必须明白,在多年无望的生活里,一个无可奈何的人会在源源不断的失败中患上习得性无助。表面上,他们似乎听任他人摆布。实际上,他们正在削减自己的生命。就好像一个伤痕累累的人,只有不断地催眠自己"不痛,我不痛……",才能忽略漫长而深重的痛苦。

"想赢一次"

什么是救赎?是上天显灵,普通的小人物在外力的推动下忽然获得了改变的契机?不是的。真正的救赎是你内心的觉醒,咬紧牙关,倔强成长,然后慢慢地向深渊伸出手去,拉住自己孱弱的、无助的灵魂。它是自救,而不是他救;是自赎,而不是他赎。

人被唤醒,可能有外因,也可能有内因。从外看,唤醒乐莹的是拳击。从内看,唤醒她的是因一句话而被触动的本心,而这句话是拳馆广告宣传页上的话:你赢过吗?哪怕一次!她从来没有赢过。人生的战场上,她一直在输,但此刻,她忽然不想输了。昊坤问她:

"三万块钱,跟赢一次,哪个重要?"她轻轻地说:"赢一次吧。"但这一次,她不为任何人而赢,她只想为自己而赢。

乐莹为什么选择拳击?她说拳击很有意思。两个对手在场上打得不可开交,却互相尊重,结束后还能心无芥蒂地拥抱。然而在现实生活中,很多人表面上看似友好,背地里做的却多是互相伤害的事。正是那些不愉快的、屈辱的回忆,让乐莹在拳击场上一次次被打倒,却又一次次站起来。挥拳吧,和乐莹一样的姑娘们,因为你们本就生猛,拳下生风。

"看心情"

整部电影,乐莹真正的蜕变,不是练拳,也不是变瘦,而是她把之前整一套旧的处事方式全部丢掉。

就像她和爸爸聊天的时候问:"如果你有两个苹果,一个大的一个小的,朋友跟你要,你给哪个?"她以前的答案是:"两个都给。"现在,她的答案是:"看心情。"看心情,就是取决于自己。从取悦别人到取悦自己的过程,乐莹表面上看似只是甩掉了体重,实际上却获得了对自己生活的掌控权。

在长长的跑道上，她路过了曾经的男朋友和他现在的伴侣，却没有回头，甚至没有注意到他们。此刻，她关注的只有自己，只有脚下的速度和挥洒在跑道上的汗水。她明白，自己所做的一切，最终都是为了自己。爱自己，才能变成更快乐的自己。是的，我们不说更好的自己，要说更快乐的自己。

"感谢您的参与"

青年时期，我们对人生充满幻想，手中的那张名叫"人生"的彩票似乎承载着无限的可能性。然而，当我们跌跌撞撞到了中年，命运的无常逐渐显露，我们便开始认识到：99％的人，99％的可能，最终只是成为一个普通人。此时，手中的那张人生彩票被刮开，里面赫然写着六个大字——感谢您的参与。这让我们意识到自己也不例外。

在一档综艺节目中，一位嘉宾感叹：心里全是苦的人，要多少甜才能填满啊。主持人回：心里有很多苦的人，只要一丝甜就能填满。每个人在命运的碾压下感受到的疼痛和对生活的无奈是相似的,但幸运的是,在黑暗中独自行走的我们,那份隐忍,那份积极,那种努力抵抗世界的姿态,会成为一抹阳光,照亮自己的人生。说到底,生命是一趟旅程,无论是星辰大海,还是三千繁华,唯有自己才是生命的摆渡人。

我们的内心深处总能感知生命状态的变化。古往今来,我们见识过很多在中年达到哲学、理论或者艺术高峰的人,如"东方莎士比亚"汤显祖、《童心说》的作者李贽、对中国画进行空前绝后大省减的董其昌、提出"本色"论的徐渭、从纨绔子弟到五十岁后入山写史的张岱……他们都是在被动中寻求自主性,在无比艰难的环境中找寻自己的生路、生机。

《热辣滚烫》里的乐莹面对人生考验,选择向死而生。我们之于世界永远是陌生人,我们不懂它的沉默,它也不懂我们的言说。然而,我们能够获得的,或许就是一种觉悟,答案在路上。中女时代(网络流行语,指以中年女性为主导的新时代),心物合一,经历磨炼,心与事皆有成果。心越来越大,越来越强,越来越正,越来越开放。

　　爱是人类最基本的情感需求，也是构建美好生活的基石。在文艺作品中，我们看到了爱情的多种模样：有人生苦难中的突然转机，有相依相偎的温情脉脉，有享受欢愉后的凄惶无助。这些饱含深情的情感描写给人留下了深刻的印象。

　　在《艺伎回忆录》里，京都祇园的小女孩千代子生活在极度恶劣的环境中。当她面对人生苦难和羞辱，承受的痛苦几近极限时，命运的奇迹降临了——她遇见了会长。会长为她擦去眼泪，给她买冰激凌，会长看她的目光犹如音乐家凝视自己心爱的乐器。这样的邂逅，让迷惘的孤女千代子蜕变为出色的艺伎小百合。她永远贴身带着会长的手帕，命运再也无法将她与那个男人、那种目光分开……

这个故事让我明白,有时,命运的转折似乎只在一瞬之间,却能为当事人的人生带来新的曙光。对于这种情感,当事人外表看似平静,内心却暗涌磅礴。

在《量子之恋》里,温柔美丽的女作家与风度翩翩的男律师在思念、幻想、试探与回避中反复纠缠。他们仿佛永远相依,却又可能顷刻分离。他们如此契合,似乎彼此都是对方细胞分裂时的缺失部分。初次相遇后,她神情迷离地与闺密回味:"他身上有苦橙的气息,只有我才能闻得出来。"而他同样心有所感……在这个故事中,我发现:爱也是一种相处。初见时,被一个人的言谈举止所吸引,仿佛彼此的灵魂正好契合。这种感觉来得仓促且没有理由,如同呼吸一般自然。足迹所经,思慕所及,心念轮回,终会重逢。

在《老师的提包》里,三十七岁的"我"与高中语文老师的意外重逢充满了微妙的情感张力。尽管"我"与老师发生了不愉快,但近一个月的冷淡并未消减对彼此的思念。在逛炊具市场时,"我"望着锋利的刀刃,联想到皮肤倘若一不小心碰触,马上会渗出鲜血,心中不禁涌起对老师的渴望和思念。这种情感的表达在表面上似乎与爱无关，但实际上却蕴含着深刻的情感联系。这种情感如同刀刃的闪光，虽不容易捉摸，却无处不在，潜藏在日常生活的细微之中……全书通篇虽无一"爱"字，但爱却无处不在。

在《百年孤独》里，关于情爱的描写篇幅如此之长，场面如此之多，常给人一种惊愕之感。人物之间错综复杂的关系，一位又一位法国女郎，一家又一家寻欢作乐之所，仿佛无不诉说着那一时期人们的欢乐。然而，在极致的欢愉后，等待他们的永远是悲惨的现实。就如奥雷里亚诺·巴比伦与阿玛兰妲·乌尔苏拉在极致的欢愉后，等待他们的是一个长着猪尾巴的孩子。爱可以成就一个人，就像年幼的蕾梅黛丝在嫁给奥雷里亚诺·布恩迪亚后所经历的转变。她抛弃了过往的幼稚与天真，以更好的自己迎接新的生活和环境。同时，爱也可以在不知不觉中摧毁一个人。当丽贝卡得知皮埃特罗·克雷斯皮将要迎娶阿玛兰妲的消息时，她的疯狂举动令人心痛——威胁、投毒，甚至恢复了以往吃手指、挖墙皮的陋习。为梅梅殉情的可怜士兵，以及孤独终老却时刻想念阿玛兰妲的上校赫里内勒多·马尔

　　　　　　　　　　向美而生

克斯……都是为爱饱受折磨的人。

在《流金岁月》里，精言房地产公司的大老板叶谨言难以接受年轻的朱锁锁对他的感情，但他又不忍直接拒绝。他用《百年孤独》这本书来回应她的爱慕，这是一种隐晦而高明的表达：即使我们都明白彼此的感情，我也不得不克制自己，我只要远远地注视你就好。对于喜欢的人或事物，义无反顾地去追求，是本能；克制自己去守护，是修行。

通过这些作品对爱情的描绘，我看到这个世界上有许多感情，它们没有明显的界线可供区分，我们甚至无法用语言准确表达。感情的每一步推进，虽可以找到蛛丝马迹，但终究都是人生中稍纵即逝的惊鸿一瞥。或许爱情能给予我们对明天的希望，但在这一过程中，我们不应抛弃自我去迎合他人。这样的迎合或许能带来一时的甜蜜，却可能换来一个完全陌生的自我和了无生趣的现实。

我们为什么爱说"人生若只如初见"？因为我们和很多人初见时是美好的，但是走着走着就远了，走着走着就走不下去了。这个世界真实的情和爱，始于眼缘，陷于深情。没有深情，简单地见一个爱一个，只会被视为多情，甚至滥情，这是爱情的大忌。要走进彼此的内心，必须以精神和灵魂的共鸣为前提，才能够实现深情的连接。多情乃人之本性，深于情者才是了不起的人。在任何事情中，只有深情者才能把事情做好。一般人常常立志却容易失态，而深情的人在做决定时会更加谨慎，审视自己所追求的目标。一旦认定了，便会矢志不渝，这就是深情的体现。深情的人能够扼制人性对新鲜事物的渴望，抵抗朝秦暮楚的诱惑。

有人曾经说："当一个人把人生所有的希望都放到爱情的期待里，也就把爱情变成了摇摇欲坠的起重机。"在现实世界中，"万人如海一身藏"，易有淹没，难有托举。武器是武器，爱情是爱情，自由是自由，彼此不能相逢。我们既要在事上磨炼，也要在深度关系中探索。当下，很多爱情和婚姻已演变为一种交换、匹配、价值共赢的模式，这些本应属于经济、金融的词汇，统统转移给了情感图谱。

我们要深入研究人生，探讨生与死。爱情打不过现实，现实打不过死亡。有些人一生为爱痴狂，最终却

向美而生

孤独地走向生命的终点;而有些人则在宣称"我不爱了"后,转角就可能遇到改变一生的爱情。佛家讲求"万法随缘",我可以为你痴情、为你痴狂,但在此之前,我需要打量你、关注你、了解你,看你是否真诚,看我们的精神世界是否能够相通。美好的爱情,不仅仅是"恋爱脑"的冲动,更需要找到那个对的人。双方都应该有能力为爱相守,拥有势均力敌的内心力量。因此,我们首先要让自己变强大,让别人感受到我们值得被爱和被惦记,等到有一天,当我们真正遇到一个值得深爱的人时,才能将其视为珍宝。

在这个浮躁的世界里,唯有和善的人才能遇到优质的爱情,因为和善背后蕴藏着更具生命力的优良基因。世上那些止于唇齿、掩于岁月的情感,尽管让人感到惆怅,却能成为人生中巨大的精神力量。当你遇到情投意合的灵魂时,希望你能够勇敢地表达真实的感受,那时的回馈将是心有灵犀的默契,让人感受到心中最珍贵的存在。

激情的种种

相传，有一位波斯国王即位时，要求大臣们编写一部完整的世界史，几年之后，大臣们编出了一本皇皇巨著。然而，当时的国王已人到中年，政务繁杂，没时间阅读。大臣们又用了几年时间把史书缩短，但是国王仍然忙于朝政，无暇细看。大臣们再将史书内容高度浓缩，但国王因年老体衰，还是无法阅读。临终前，一位史学家对国王说："六千卷的世界史其实就是一句话，他们生了，受了苦，死了……"

法国文学家让-保罗·萨特在小说《恶心》中说："在生活中，什么事情都不会发生。只不过背景经常变换，有人上场，有人下场，如此而已。"这虽然听起来悲怆，想起来凄凉，但正因如此，我们更应在这短暂的人生中寻找激情,点燃生命。正如泰戈尔说:"激情,这是鼓满船帆的风。风有时会把船帆吹倒;但没有风,帆船就不能航行。"那么,在生活中,到底有哪些激情可供我们来选择呢?

物质欲望

追求物欲的背后其实是消费主义的信仰,而消费主义之所以能够成为信仰,正是因为它的阶层属性。当你拥有了新的阶层的物品时,常会假定自己已经进入了那个新的阶层。消费主义的本质,就是让那些原本不具备消费能力的人去消费。

很多人在拥有了某个奢侈品后,即使挤地铁,也觉得自己散发着独特魅力。这就像极了在游戏中不断升级装备,努力赚钱,然后投入更多的金钱升级装备。提升物质享受需要钱,而积攒钱需要努力工作。在这个过程中,很多人找到了生命的激情所在。

叔本华认为,人生就是一团欲望,欲望得不到满足就痛苦,欲望得到满足就无聊,人生就像钟摆一样在痛苦与无聊之间摇摆。追求物欲自然符合这个摇摆定律,欲望满足后陷入无聊,然后又盯上更大的欲望,努力去满足,满足后再无聊。这就像有人不断搜集限量版鞋子,如果有一天你发现它不管多贵,归根结底还是一双鞋时,你会意识到,你需要的是跑步和其他运动,而不是崇拜一双鞋。当你达到这样的认知层次,你就摆脱了消费主义的束缚。

极情纵欲

有些人纵情声色,只要遇到异性,便想占有。他们认为占有的异性越多,就越显得自己厉害。这种人对占有他人存在一种错觉,觉得只要与对方发生关系,就等于占有了对方。这种想法与去过某个地方旅行后,就认为那个地方属于自己一样可笑。

一个人"捕获"的肉体越多,实际上离真正的爱情就越远。人的精力是有限的,去诱惑新的"猎物"需耗费时间,这样一来,你就没有办法将时间和精力集中在某一个人身上。而当你无法专注于某一个人时,对方自然会与你疏远。如果你只是把别人视为某种工具,工具的特点就是可以被更换,那么在你精疲力竭的时候,你对爱的信念也会随之瓦解。

其实,我们都不曾占有任何一个人,因为每一个人都有自己的思想和灵魂。肉体的和谐转瞬即逝,灵魂的共鸣才会持久。

极限运动

有一位因翼装飞行而不幸去世的姑娘,在生前曾经表示,极限运动已经成为她生活中不可缺少的一部分。她说,她是为自己而活的,选择了这条路就不会放弃,也不会后悔。

其实,这是很多极限运动爱好者的心声。因此,我们便不难理解每年攀登珠峰的人中即便有那么多人遇难,却依然有无数人前赴后继地去挑战。安于现状的人是永远不会理解这种执着的,甚至会觉得这完全没有意义,认为花那么多时间和金钱去进行极限运动,不如躺在床上"刷剧"。

极限运动的确会让人上瘾。当你曾经在死亡的边缘游走,并且成功过,你就会不断想知道它的极限在哪里。追求极限运动的人眼中的世界跟普通人眼中的世界是两个平行维度。你是否理解、是否同情，都不是他们做出选择的依据，他们在乎的对象只有崇山峻岭和艰难险阻。

探索灵魂

如果说以上提到的三种人生激情是向外扩展的，那么接下来要讲的这一种人生激情就是向内探索的。一些高僧大德和哲学大师选择了一种不断自我审视和灵魂拷问的方式，从中汲取普通人难以触及的激情与智慧。

这种人往往对人际交往漠不关心，因为他们视他人为干扰。在逼迫自己进行深刻反思的过程中，他们会选择离群索居，并只将自己的灵魂作为追问的对象。

向内探索也是一场冒险，因为这需要将内在自我推至极限。有人走不出这个过程，最终可能会步入精神病院；而有人则大获成功，留下经典著作，创立新学派。

对于普通人来说，我们更像是在追求查漏补缺的激情。越是平庸的人，越认为人生需要完满，而所谓的

向美而生

完满包括：物质，可以享受；肉体，偶尔放纵；挑战，可以尝试；灵魂，孤独思考。

"五岳归来不看山，黄山归来不看岳"，在这个日益多样化和充满挑战的时代，我们每个人都在被更具挑战性和更高级别的激情所吸引。我们各自寻找人生激情的方式，这将你、我和他隔开。

每个女人对"蓝颜知己"一词的理解各不相同。有人认为，蓝颜知己是情人关系的雅称。而我则认为，蓝颜知己是一种特殊的人，介于朋友和情人之间。这种人与人之间的关系可以非常深刻且持久，只有当两个人能够深刻理解对方时，才能享有这种美妙而独特的情感。

男闺密对于女人而言是没有性色彩的，是兄弟，是玩伴，是左右手；而蓝颜知己则存在一定程度的性吸引，暗流涌动却不跨越界限，不相交却缠绵悱恻。两人的关系是"情＋谊"，具有排他性，讲究一对一的高质量，核心价值在于"知己"。

这种情谊的缘起，是在人群中多看了一眼，便始终觉得对方独特而夺目。这种情谊的发展，似无手之抚、无唇之吻，亦步亦趋却了无痕迹,充满了独特的美学意味。这种情谊的形成,既靠机缘,也是悟性与技巧的结合,双方需与人性博弈,稍有软弱便可能被淘汰,但一旦认定则可以依靠终身。

奥黛丽·赫本与纪梵希

奥黛丽·赫本和纪梵希,都是极具个性的独特存在,在茫茫人海中找到了彼此相似的能量场。命运会让绝大多数人的誓言最终沉默,但赫本与纪梵希的情谊却比她任何一段婚姻都更加持久。纪梵希为赫本设计日常服饰、结婚礼服以及诸如著名的小黑裙等电影服装,甚至为她特别调制了"禁忌"香水。这些都是众所周知的事实,而我相信他们之间一定还有不为人知的故事。而那些隐藏的,才是真正珍贵的部分。

凌叔华与徐志摩

因为泰戈尔对凌叔华欣赏有加,所以才说出凌叔华与林徽因相比,是有过之而无不及的话。知性名媛凌叔华是徐志摩心中隐藏的花。两人相识于徐志摩追求林徽因受挫失意之时，徐志摩与凌叔华在半年内通信达七八十封。徐志摩编撰《晨报》副刊的时候，第一期隆重推出了凌叔华的小说，他称凌叔华为"中国的曼殊菲尔"。

徐志摩从不避讳自己与凌叔华之间的关系。他曾把装有私密日记和手稿的"八宝箱"托付给凌叔华，还有两本《康桥日记》。在他意外去世后，陆小曼与林徽因都曾索要这些日记，因为其中涉及徐志摩、林徽因在英国交往的内容。正是"八宝箱"和《康桥日记》，引发了林徽因与凌叔华两位才女的交恶。我相信，日记中必定隐藏着凌叔华复杂而私密的心绪，而她选择保留这些秘密，或许正是对知己的一种体面保全。

陆小曼与胡适

徐志摩的好友胡适与徐志摩的第二任妻子陆小曼之间的关系也耐人寻味。他们两人的交往，甚至早于徐志摩与陆小曼的相识。1947年，陆小曼整理的《志摩日记》由晨光出版公司出版并发行，那时徐志摩已经去世十六年了。日记中收录了胡适1925年写给陆小曼的《瓶花诗》，当时三十四岁的胡适在北大任教授，胡适的档案里也保存着陆小曼写给胡适的三封英文信，字里行间充满情愫。

在这些故事里，主人公们之间的旧情往事依然缥缈如梦，弥漫在广阔的天地间，无论是出于私心，还是为了避免纷争，这些情感像雾像雨又像风般难以捉摸、挥之不去。无论如何，他们在心灵上曾陪伴彼此走过一段漫长的旅程。他们书信中的温度，在跌宕起伏的岁月中，曾温暖彼此。那么，这些故事里的红颜知己，又都拥有哪些特质呢？

"不经济独立，怎么精神独立呢？"这些红颜知己，首先各有专长，自己是自己的经济靠山。不管你是大人物，还是普通人，首先要经济独立，然后再谈其他。身体健康，是她们的最大资本；聪明才智，是她们的开路先锋；专业技能，是她们的成功利器；素质人品，是她们的最佳资源。

奥黛丽·赫本、凌书华、陆小曼，这些历经浮沉的女性，都颇有点所谓的"新天使"味道，背后都隐藏着惊人的秘密。她们看透了世间纷扰，自成风景，别具一格。她们追求的不是飞黄腾达，而是真真切切地为自己而活。随着时光的流转，这些红颜知己都经历过生命的脆弱、命运的考验和现实的无奈，最终明白，人生不过是一个"暂坐"的过程。不要说这是你的或者这是我的，我们的一切都是暂借而已，到了期限都会如数奉还，可能形式不同，却毫厘不爽。

蓝颜红颜，真情在心，乐在其中。在彼此的世界中，他们保留了一些空间，不让情谊成为束缚。斟满彼此的酒杯，但不必同饮一杯；把面包分给对方，但不必共享一块；一起欢歌曼舞，共享欢愉，但仍保有彼此的独立。他们献出自己的心，但不必交给对方保管；他们会站在一起，但不会挨得太近，因为廊柱分立，才能撑起庙宇。

正如西蒙娜·德·波伏娃说的："唯有你也想见我的时候，我们见面才有意义。"热恋是容易的，微醉偏醒是难的。梦归梦，尘归尘，土归土，知己是对方梦中的人，在灯火阑珊处，淡罗衫子淡罗裙，睥睨笑傲。

向美而生

乔布斯在一次访谈中曾表示,他特别喜欢和聪明的人交往,因为不用考虑他们的尊严。采访者问他,聪明人没有尊严吗?乔布斯补充说,并非如此,聪明人更关注自己的成长,时刻保持开放的心态,而不是捍卫面子,不是想方设法证明"我没错"。聪明人往往更关注个人成长和进步,而非过于执着维护外在形象和声誉。他们以包容开放的态度对待自己和他人,这种睿智令人敬佩。时过境迁,有人平静地说:"现代社会大家都少受一点委屈吧,在物质生活富裕、精神世界包容性越来越强的时代,我们应该少受一点委屈,接受不同、接受失败、接受分手、接受分裂。"是啊,我们的生活完全可以超越闹剧般的纷争,摆脱那些悲剧带来的困扰。

作为第一代独生子女，我的童年充满了独特的记忆：跳橡皮筋，挂钥匙，写"学习雷锋"的作文，与电视机、电冰箱合影。大学毕业后不久，在热血沸腾的年华，我被派往香港工作，懵懵懂懂地见证了大时代的画卷缓缓展开。那时，我读过几乎所有关于成功学的畅销书，咬紧牙关，等待风口，期待着能够在机遇来临时迅速崛起。如今，我已经跨越了人生中的许多台阶，终于可以以旁观者的心态，冷静地审视人生这座大山的山腰上发生的一切。这正是"常无欲，以观其妙；常有欲，以观其徼"的道理。经历了无数艰难险阻后，天地变得开阔，我看到的不再是阻碍和边界，而是处处绽放的美好。

比如，离过婚之后，你对婚姻就没有太大欲望了；生病之后，你会开始更爱自己。爱自己是一种润物细无声的修炼，是在更高的精神境界中沐浴阳光，内心平和如春风拂面。于是，对于那些源自较低层次的激烈冲突和充满恐慌的情绪爆发，现在从更高层次的人格视角来看，就如同从山顶俯瞰山谷中的一场雷雨。

有人曾说："我心中没有退休年龄，我会工作到去火葬场的路上。"我们希望在现实世界里取得"大结果",确实需要一些野心、欲望、谋略、灵气、心气、杀气、义气和执行力。但在现实世界之外,我们还有另一个属于自己的内心世界。在这里,你可以尝试一切。比如,追求快之后,你才知道慢的好处;追求卓越之后,你才发现平凡也好;追求安稳之后,你才发现冒险也需要。

我们应该少受一点委屈,并学会适度表达愤怒。托马斯·摩尔在《灵魂的黑夜》中说道:"你最好只和那些会表达愤怒的人做朋友。"理由是:能够坦然表达愤怒的人,会很快表明他的立场和态度,从而使沟通更加高效;压抑愤怒的人无法直接表达自己的立场和态度,这会让沟通变得复杂和低效。他们的愤怒并没有消失,反而会通过拖延、遗忘、故意犯错等方式表现出来。因此,适度地表达自己的愤怒,是我们为了维系一段关系而做出的巨大贡献。

我们还要提醒自己,我们对某人或者某物产生依赖,就如同在与自己签订一份痛苦的契约,因为依赖的事物终究会失去。小说《两个太阳》中说:亲情,是会随着灾难的逐步加剧而消耗殆尽的；爱情，那更是与疾病绝缘的奢侈品。我喜欢小说里两个绝症病人仍然保持松弛的心态去旅行，一起讨论吉他曲《斯卡布罗集市》，这才是真的活在当下。人需要美好的事物来填充自己，每一次选择和行动也应具有审美的意义。

威逼利诱，是许多人工作中的策略；权衡利弊，是许多人生活中的智慧。现实残酷，是正常的；人性光辉，是少有的。如今，许多人都在既定规则的框架内，清醒却无力地生活。然而，最难得的修为是，在见过天地辽阔后，依然能体谅卑微与弱小。生命与生命之间，一旦认识并有交集，就会彼此怜悯。因此，我们要结交本性善良的人，发展正向、互惠互助的关系。

我们要坚持反思，而不是只顾努力和挑战。据说，ChatGPT已经可以把书的内容概括得跟资深编辑一样，甚至更好。然而，AI只会回答问题，提问的永远是我们活生生的人，我们没有必要焦虑，要有自己的"定海神针"。动荡中的平和、黑暗中的人性之光、冒险后的自我反思，这些才是最值得珍视的稀缺品。

世界很大，向西可以找到信仰、安慰和宁静；向东可以追求进步、冒险和刺激；往北是权力、格局和竞争；往南是自由、机会和暖风。我们要去想去的地方，见想见的人。如果人生是一场梦，不妨尽兴一些，享受生命的旅程，不为得不到的东西所困，不为得到的东西所执。命运教你"收余恨、免娇嗔、且自新、改性情、休恋逝水、苦海回身、早悟兰因"，你偏要执着于"起婆娑、炽艳火、自废堕、闲骨格、永葬荒墟、剜心截舌、独吞絮果"。

如今，在这个真假难辨的时代，真正稀缺的魅力是气场强大。不得不承认，有些人粗鄙卑劣，有些人自带光环。别为别人口中的自己而活，你会发现自己充满了活力与无限可能。一个人的魅力，在于岁月的积累和沉淀，越来越高贵的气质，越来越坚忍的意志，越来越温和的脾气，越来越深邃的灵魂。

　　一个正常人，如果长时间关注某个恶性事件，心理状态也会逐渐受到影响。因为共情能力过强的人，很容易出现创伤后应激障碍（PTSD）。有充分的证据表明：观看灾难相关的电视节目与各种心理困扰之间存在显著关联。我们能够共情遭受灾难的人，说明我们有怜悯之心，看到他人的苦难心生怜悯。但是，我们也应该具备将自己从困境中拯救出来的能力，这种能力很大程度上来源于概率思维和抗焦虑能力。

　　这个世界充满不确定性，但却有概率的存在。我们了解概率，焦虑就会减少很多，思维也会变得更为理性。我们周围有很多人完全不讲道理，因为他们的思维困囿于"幸存者偏差"之中。比如，当你告诉他吸烟有害健康时,他会说:"我认识一个朋友吸烟吸到九十岁,依然很健康。"这种讨论问题的方式完全没有理性可言。如果你遇到这样的人,不妨马上说:"对,你说得对。"然后不再与他争论。虽然不是每个吸烟者都会得肺癌,但有数据显示,活到八十五岁的人中有百分之九十五是不吸烟的。

有概率思维的人承认人生的不确定性。但是,我们不应该因此认为人生无法把握。恰恰相反,使用概率思维,是为了从"无常"中发现那些"常"。在追求人生理想的道路上,我们应选择那些大概率事件,并长期坚持下去,让时间产生复利效应。对于大概率事件,我们要用平常心对待;而对于小概率事件,我们要以风险意识进行预防。

面对失控感,每个人都容易心生焦虑。那么,我们该如何培养抗焦虑的能力呢?

第一,对于必然发生的事情,凡事预则立,不预则废。罗素写过一篇文章《论老之将至》,其中提到,最好的准备就是:活得不老。在不可避免的衰老来临之前,我们必须学会保持自己的姿态,提升正向激素的浓度,降低在被动和高压情况下犯错的概率。有时候,错误可能会不断累积,随之而来的焦虑也会增强,这是很自然的现象。

第二,对于不确定的未来,走一走看一步。我们要学会及时行乐,享受当下。有个段子说得好:"能享受的事,尽早;能不做的事,尽晚。"想太多未来的事情,不仅费脑子,还会徒增烦恼。迈出这一步,才能知道下一步怎么走;没有迈步前,就别想太多步。生活不是战争,即使是战争,也要灵活应变。对生活不要恐慌,一切可以等到需要的时候再处理。

第三,注重自己的外表,保持高能量的姿态。"入门休问荣枯事,观看容颜便得知。"这句话的意思是说,你到别人家里,不必打听主人家的兴衰荣枯,只需观察主人的外观,就可以得知。他们的姿态反映了他们的状态。灰头土脸不仅是一种物理状态,也是一种心理状态。通过观察一个人的穿着、配饰、头发的打理、说话的语调等细节,我们可以看出一个人的能量级别。

我想起了木心。他从牛棚里出来后做的第一件事情,就是戴上自己的礼帽,穿上呢子大衣,还挂上拐杖。

可见,木心在见人时,总是强制性地将自己保持在一种高能量的姿态中。俗话说,客气人总遇客气事,尴尬人总遇尴尬事。这一切其实都与自身的姿态密切相关。

第四,打破边界,尝试新鲜事物。其实,我们的生活大多遵循固定的模式。如果你过得很平淡,那么平淡就会成为一种生活模式。随着年龄的增长,我们容易陷入既定的形式和轨道中,按照惯性生活。

我们可以用百分之十五的时间去做一些打破现有生活规律和工作模式的事情。在这个过程中,我们不断抛弃旧有的习惯,探索未知的领域,这会给我们带来各种惊喜,比如:与不容易见到的人见面,品尝从未尝试过的食物,画一幅画,尝试户外攀岩……只要这些事情与我们当前的生活无关,它们就有可能带来意想不到的收获和感悟。

第五,跳脱出自我的角色,反思自身。有人说:现在谁还愿意谈艺术、谈哲学,还思考人生?这实在是太无趣、太没用了。我们现在要谈的是如何挣到下一笔钱,如何满足下一个欲望,如何获得下一桶金,如何击败我的竞争对手……我不禁对此感到惋惜。这些话反映了人们越来越忽视对自身的反思和内在的成长。社会上很多不良的情绪可能就源于此：过于注重眼前，目标过于明确，衡量标准过于细致。或许当我们不再执着于这些，并谈论一些更抽象的、更遥远的、更富有艺术性的、更富有文学性的、更富有哲学性的概念时，我们反而会更加清醒，更加好奇，离焦虑也更远。

我们快步前行在一条不确定的道路上，需要领略沿途的风景，遇见新鲜的人和有趣的事。我们可以停下来，环顾四周，甚至回头或倒退，但千万不要焦虑，而要随心随性地去开拓属于自己的舞台。唯有如此，人生才能继续前行，也才会更加值得珍惜。

向美而生

"如果一个人到了四十岁还不与命运和解，那么说明这个人的悟性太差。"虽然我不确定这句话的科学依据，但过了不惑之年的我，回想青春岁月的每个抉择，几乎都是出于理性思考，却常常遭遇命运的无情嘲弄。最终，我也只能选择与命运和解。

有位年长的智者说过，三十一到四十五岁，是转大运最好的阶段，太早了容易张狂，太晚了享受不了人生。这十五年的关键时间，由一位年长者说出，想来最能打动人心。为了在这段时间里有所成就，我们在把握机遇的同时，也要争取贵人的相助。

在《繁花》中，男主阿宝从平凡的普通人蜕变为成功的宝总，他的财富之路正是从贵人相助开始的。从指点迷津的高人爷叔，到夜东京的老板玲子、外贸大楼的汪小姐等，无一不是在关键时刻鼎力相助阿宝的贵人。反过来，阿宝也凭借自己的成功，成了无数人的贵人。他不仅自己积累了财富，还促成了许多人的幸福。

阿宝的标配"贵人组合"

《繁花》中的阿宝，一方面作为"纯爱战士"感动了四方姐妹，另一方面又以"成功男士"的形象震慑八方兄弟，拥有了"成功男士"的标配"贵人组合"。

第一位贵人是爷叔。他年事已高，脾气时好时坏，曾因投机倒把而入监狱，常常被旁人视为"怪老头"。然而，阿宝对爷叔的信任丝毫不减，凡事都遵循他的引导，因为阿宝深知，爷叔绝非等闲之辈。十几岁时，爷叔便进入上海证券交易所，之后便有了经纪牌照，股票、期货、外汇样样精通。阿宝认为，与其自己在市场中横冲直撞，不如坚定地追随经验丰富的引路人。经过爷叔的调教，阿宝变得更加儒雅与沉稳。镜头中，爷叔静静地注视着眼前焕然一新的阿宝，心中不禁涌起一阵温暖的感动。岁月荏苒，美人迟暮，英雄难再，爷

向美而生

叔在阿宝身上看到了年轻时风华正茂的自己。

第二位贵人是玲子。她性格沉稳,阅历更为丰富。在阿宝陷入困境时,玲子不仅请他吃了拉面,还慷慨送上了自己珍视的好运符。在阿宝心中,玲子是"他乡遇故知"的幸运星,是"进贤路扛把子"的好帮手。她无疑是进贤路上最亮丽的风景。这不仅仅是因为她的外貌,更因她的能力:在必要时能守住财产,遇到问题时能够替阿宝还债和排忧解难。

第三位贵人是汪小姐。她不仅拥有专业背景和丰富经验,还身处"体制内",帮助阿宝少走弯路。汪小姐心地善良,能给人带来好运。从"纯爱战神汪小姐"到"汪小姐不会让自己受委屈",再到"汪小姐磨砺成虹口小汪",她始终怀揣着坚定的信念和勇气。当阿宝在股市遭遇"滑铁卢",面临破产危机时,汪小姐挺身而出,成了他的救星。商业世界的残酷更反衬出汪小姐温柔的情感世界,令人动容。

第四位贵人是李李。她与阿宝棋逢对手、惺惺相惜,有相似的追求、共同的野心,堪称灵魂伴侣。李李久经沙场、能力超强、性格高冷、目光深邃、洞察世事,是"人生得此红颜知己特有面子"的真实写照。阿宝和李李的谈话是最为深入、坦诚的，彼此间的默契令人动容。每当他俩一针见血地直击对方的软肋，默契地对视时，仿佛两个深刻契合的灵魂在彼此交融。正如徐志摩所言：

我将于茫茫人海中访我唯一灵魂之伴侣；得之，我幸；不得，我命，如此而已。

如何拥有贵人相助

从心理学的角度来看，有贵人相助的人往往是高能量的人。这些人的吸引力可能源于他们的真实感，即能够真正"做自己"，活得真实的人最有魅力。在现实生活中，我们常常没有足够的精力去深入了解一个人，最初只能从外在形象来进行评判。如果一个人看上去邋遢，如何能让别人相信他的实力？第一眼就给人留下好印象的人，往往更容易获得他人的信赖和追随。因此，塑造好外在形象，更容易打开机遇的大门。

高能量同样代表着高价值。当你对自己充满信心时，也更容易获得外界的肯定。在这种良性循环下，生活会变得顺利而圆满。在观看《繁花》时，许多观众会问："宝总到底爱谁？"但这个剧的核心并不是在探讨"阿宝爱谁或不爱谁"。其实，它的真正主题是"人要具备高价值"。

在职场中，如果你在老板眼中是最有价值的员工，那么你的待遇必然是最高的。在恋爱中，如果你是对方认为最有用的人，而不仅仅是最重要的，那么你们的感情生活也会更加幸福圆满。因此，想要获得"吉星高照"，在贵人到来之前，我们必须提升自己，成为一个真正有高能量的人。

有情有义，方可显化

所谓的贵人相助、"吸金体质"，其实反映的是一个人情感真挚和人际关系良好的结果。每一种你羡慕的生活，背后都是人家默默积累的"福报"。我们的生活是一段成长的旅程，而这段旅程的核心在于与他人的积极互动。所谓贵人，其实就是那些在关键时刻给予我们支持和帮助的人。与贵人的相遇，往往是个人努力和良好人际关系共同作用的结果。

在《繁花》中，范总和汪小姐在工厂里告别，范总对汪小姐说道："后会有期。"汪小姐转身并纠正他说："不是啊，范总，是江湖再见。"范总像个老顽童一样，回应她一个《射雕英雄传》里的弯弓手势，爽朗的大笑声回荡在空气中。那一幕既像武林高手的归隐，又像江湖儿女的重聚。

看得见多远的过去，就能看到多远的未来。回头看剧中的主要角色，他们最终都经历了一次萍水相逢后的体面告别。他们中没有一个人是完美的，但无一不是情义深厚之人。即使闯荡江湖，有再多身不由己，也应保留一份浪漫在心中。

汪小姐对范总说的那句"江湖再见"，传达了山高水长、路途遥远的祝福，望君多多珍重。这句"江湖再见"意味着，即使转身后真的难以再见，也别忘了抬头仰望，在这世间，我们依然共享一片蓝天。

　　不知道从什么时候开始，对女生的称谓悄然发生了变化。从之前的"美眉"到如今盛行的"小姐姐"，我不禁暗自欢喜，仿佛自己在这个时代中找到了归属。小时候，我住在淮海路，右前方是二百永新，往前是音乐之声餐厅和巴黎春天，对面是百盛。放眼望去，这个区域里满是上海小姐姐。

　　小姐姐不仅仅是一个性别称谓，更是一种独特的状态。上海小姐姐外在的美丽并不是那种瞬间闪亮现场的耀眼夺目，而是一种耐看而合宜的气质。她们喜欢穿经典的小黑裙，也能轻松搭配简单的基础单品。她们涂上口红，搭配基本款衬衫和风衣走在街头，当一片秋叶轻轻落在她们身上时，她们散发出难以量化的冷艳与性感。同时，上海小姐姐在"冻龄"方面的功力也相当出色。她们既娇憨又坦率，逐步转型为"青衣"，懂得该隐则隐、该显则显，巧妙地隐藏自己的不足，展现出独特的魅力。

上海的水土，最能批量孕育出知情识趣而又清醒独立的小姐姐，她们具备独特的气质和深刻的理解力，和当年"美眉"这一流行称谓所蕴含的紧张刻意之感截然不同。如今的她们不仅妥善安排了自己与社会的关系，也安顿好了自己与自己的关系。

上海小姐姐都十分"慕强"，但她们对"强"有着独特的理解。对于能够通过自己的努力而获得的"强"，她们勇于追求；而对那些遥不可及的"强"，她们则会以远观的姿态欣赏，始终心怀向往。她们不但用情，而且善于用脑、用心，明白不是所有高峰都值得攀登。她们深知生活的现实，灰姑娘嫁王子是小概率事件，因此在自己的环境和圈子中深耕不辍。她们懂得都市的人情世故，与他人保持着客气而有默契的距离，灵活应对各类关系，顺势而为，但最终的目标始终是追求优雅与卓越。

上海小姐姐的性格内敛而坚定，内心充满了力量。

向美而生

她们见过些世面,也吃过些苦头,深知分寸感的缺乏是"油腻"的开始。她们都具有理性的思维方式,感性则如点缀。她们懂得自己把握生活的方向盘,掌控局面,即使场面不大,格调也绝不能低。她们知道不必非得有野心,但必须要有视野。上海小姐姐都努力在自己的圈子里活得滋润而有尊严,拥有自己独特的生活艺术和心理建设能力,常常还具备一两门文艺技能。曾经有人说,一个人的书法,如果每一笔都写得恰到好处,那么这个人必定不易相处。而那些让人难以接近的上海小姐姐,往往是聪慧的上海女性。她们冷静、沉着,善于把握分寸,深谙暗示与留白的艺术,展现出一种内敛的风情与坚韧,能够诠释欲望、际遇、成长与记忆。正是这种深邃的理解,构成了她们的感情线,承载着启程、出走、归来与延续的故事。当然,一个人的底气、资源、格局、眼界、阅历、气质与才华,很多都是滋养出来的。

上海小姐姐的情感基调既温暖又深邃,表面上看似平静,水面之下却蕴藏着无法估量的深度。她们懂得给自己和他人留出适当的进退空间,这是一种文化自信。上海小姐姐都具备敏锐的洞察力，能够识别哪些人在逢场作戏，哪些人值得交往，哪些人值得交心……她们的思维清晰、抉择果断。年轻时，她们或多或少经历过情感的挫折。如今，在经历了人生的波折后，她们成为成熟的小姐姐，通常拥有融洽且稳定的好友。这些关系时而紧密时而疏远，但无论关系如何变化，她们总会尽量对彼此好一些，彼此支持，重视精神上的联系胜过物质的交换。随着时间的推移和情感的积累，这些关系变得愈发深厚。当一个灵魂真正理解并欣赏另一个灵魂时，关系便会自然而然地发展。

上海小姐姐的命运，无论是起伏波动，还是顺应潮流，她们对未来都持有一种真正的慷慨与贡献的态度，换言之，就是把一切投注于当下。女性认识命运的过程，犹如了解自己手中牌的过程，许多挫折源于对自己现状的模糊认识，以及无法将这些牌有效组合的困惑。若手中的牌是"美丽"，或许能赢得更多的关注，但这些未必长久；若手中的牌是"财富"，可能能获得更多资源，却未必收获真正的幸福；若手中的牌是"才华"，也许能赢得一些掌声，但也未必拥有幸运。若是三者兼

　　　　　　　　　　向美而生

备，或许能创造更多传奇，但也必须面对命运的起伏与变幻。如果这些都不具备，只要踏实独立地做自己，拥有扎实的专业技术、正确的价值观和不断完善的内在成长性，相信缘分、顺应命运，也未必不会拥有一个安稳而充实的人生。

英国作家狄更斯曾写过《远大前程》和《艰难时世》，这两个看似迥异的主题在现实中往往是统一的。不同的发展阶段有不同的困难，虽然层次各异，但艰难始终存在。要从艰难的时代走向光明的未来，归根结底，只能依靠努力。

还记得历史上那些商业巨擘的发迹史吗？曾经，约翰·戴维森·洛克菲勒在小店铺做学徒，安德鲁·卡内基在纺织厂打工，科尼利厄斯·范德比尔特在开渡船，亨利·福特在农场修理机器，托马斯·爱迪生在火车上卖报纸……他们都成功地抖落了平凡，创造了奇迹，实现了笨小孩的华丽转身。

一开始就被命运赠予华服和糖果的人，确实令人羡慕，但是他们往往看不到人生在层峦叠嶂背后隐藏的柳暗花明。降生在平凡家庭里的孩子，也无须叹息跺脚，且走走看再说。成长的本质，就是在挑战中感受，在逆境中前行，然后穿越这些困难。

电影《奇迹·笨小孩》的男主角景浩是个普通家庭出身且无依无靠的孩子。生活所迫，他不得不早早独立。为了给妹妹治病，他需要在一年半内凑够几十万元，这在很多人看来是不可能完成的任务。事实上，景浩也觉得不可能，但他必须尽一切可能去尝试。相比那些出身优越的"富二代"，他更早看清了世界的本质，明白靠自己打拼虽然辛苦，但却是最靠谱的路。

人越是在低处，就越能感受到世间的冷漠和残酷。正如剧中所传达的那样："没有人有义务帮你，逆天改命只能靠自己。"突如其来的苦难，虽然容易打垮人，但也能筛选出那些坚毅果敢的人。不到没有退路之时，你永远不会知道自己有多强大。"没有退路就是胜利之路。"当我们真的到了山穷水尽的时候，逢山开路，遇水搭桥，挺住就是胜利。

笨小孩都是智慧与运气的共舞者，短期来看，运气很重要,而从长远来看,智慧则是决定性的因素。如果你的智慧积累不足,想做的事太大,智慧也难以转化为成果。或者换个角度说,即便你心比天高,但没有适合的土壤,你依然无法腾飞。同时,我们不应因为糟糕的结果而否定正确的选择。在现实中,坚持做正确的事情在短期内可能不会带来显著回报,但我们仍然要坚持,因为从长远来看,这样的坚持才是成功的关键。

《易经》中"革卦"说"君子豹变",意思是君子的变化往往是艰辛而深刻的。回想当年,我们跨过命运的节点,结识新朋友,习得新技能,跌落人生低谷,辞职,创业,做出某个决定……多年后再看,这些微小的变化逐渐展现出它们惊人的力量,推动了命运的巨轮。从懵懂无知变得游刃有余,从易怒急躁变得心怀感恩,从囿于小我变成君子不器……原来人并不是简单地活一辈子,而是在几次关键的转变中不断成长。

笨小孩成熟后,会逐渐放下固有的判断,释放心中那些由判断带来的不好情绪。当情绪模式得到迭代和升级,开始接纳不同的价值观时,他们便进入了君子时代。君子,和而不同。笨小孩成长为君子后,会看见许多曾经看不见的东西，能够打开眼前的窗，驱散心中的雾。君子的人生策略不是要与人斗，而是保持开放的心态，在价值观的碰撞当中，慢慢形成属于自己的一套体系，这套体系能够与不同的体系连接和共存。

一位企业家朋友曾经告诉我，自从他开始吃素诵经，并每晚为员工祈福，工作的烦恼便慢慢消退，睡眠变得踏实，纠结的情绪也慢慢平息。这样的变化让他自己都感到惊喜不已。山珍海味放在眼前，他也不再执着，不再为琐事耿耿于怀。"君子事来而心始现，事去而心随空。"当你学会与自己和谐相处时，你会发现人生的最初与最后，都指向孤独，独与精神对话。当你能够独自享受在家中的宁静时光时，恐惧便不再存在。我们变得愉悦、开放、优雅得体，对未来充满期待。

君子拥有的不仅是一种身份和财富，更是一种风雨不惊的姿态和自在自如的气场。他们既能把握"长风破浪会有时"的机遇，又能理解"一蓑烟雨任平生"的道理，最后抵达"也无风雨也无晴"的境界。

在哈尔滨工程大学读书期间，我唯一得过满分的一门课程叫"计算方法"，又称"数值分析"。这门课的主要内容包括解线性方程组的迭代法、非线性方程求根、函数逼近曲线拟合等。我隐约记得，当时我甚至觉得自己简直是天才，掌握了一种能够把一个题目写满四面黑板的方法。对于一个简单的问题，我可以一本正经且合理地复杂化，只为掌握其规律或局势。

极少有人懂得，规律和局势是基于精确计算得出的，而不是凭感觉推测的。

首先，我们应该学会把握自己。把握自己极为困难，更难的是在把握自己的同时，不失去善良和趣味。世界上有很多善良的人，也有很多掌握规律或局势的人，但只有处于这两者交集的人，才能让这个世界变得更有趣、更值得信赖。能够把握自己的人，既强大，又仁慈，既能努力创造，又能毫无保留地奉献，从而收获了双重乐趣。

其次，我们应该学会掌握事情。这取决于我们对事情的专注度与承载力。当你对某件事情产生了浓厚的兴趣时，就会被一种愉悦的力量推动，让你专注且沉浸其中，不断地为之奋斗、创造和探索。完成以后，你会感受到一种发自内心的喜悦、感动，仿佛因此找到了生命的价值和意义，这便是掌握事情的至高境界。

最后，我们才有资格谈掌握规律（全局）。即使已知条件不够充分，我们仍可以采用估计的方法进行计算。

例如，超级大脑 AI 下棋时，始终以终局为评估标准，追求每一步的最佳选择。在这个过程中，什么是对与错？实际上，这只能通过比较来定义。评估哪一步棋更好，靠的是智商和远见；而坚定地做出更优选择，靠的是理性和意志。

再比如，高智商的埃隆·马斯克说他还没有见过可以违反物理学定律的人。这句话揭示了他对非物理世界的深刻理解：在这个领域，事物是可以"扭曲"的。他选择的是小概率成功的事业，尽管从创业成功的期望值来看，这通常被认为是负面的决策。然而，从长远来看，这类事业正是人类必须面对的挑战之一。他能够在这类小概率成功事业中生存并取得成功，部分原因就在于他对小概率成功事业的巧妙运用：它善于激发人们的好奇心、同情心，以及获取额外回报的渴望。

相比之下，普通商人往往倾向于利用弱者，而马斯克则擅长吸引高智商的人。例如，他的前女友在与他分手后对他进行"声讨"，实际上是对他的变相赞美。此外，他对自己传记作者的考验，也同时涉及智商和忠诚的双重评估。

让我们回到普通人。首先，我们来看看普通人是如何做决策的。普通人的决策过程主要由感知、认知、决策和行动四个步骤构成。在感知环节，敏感度是关键；在认知环节，理性思考不可或缺；在决策环节，果断行动至关重要；而在行动环节，必要时则需采取大胆的方式。然而，问题在于，敏感与大胆之间常常存在冲

向美而生

突,理性与果断之间也可能相互对立。因此,对于大多数平凡之辈来说,往往是看似理解了,但却难以下手;即使下了手,又总是犹豫不决。这种矛盾使得他们在决策过程中陷入困境。

让我们再看看那些高智商的人,如马斯克、巴菲特和贝佐斯,他们的性格都是"分裂"的。在感知层面,他们反应敏捷;在认知层面,他们极具理性;在决策时,他们绝不犹豫;而在行动时,他们则表现得有些随意。在不同思维模式之间切换时,他们与普通人截然不同,能够在多种性格间自由跳跃,而不拖泥带水。

要找到有效的方法,有时需要摒弃连贯性。人类在生存曲线上有一段长时间的平缓期,直到1776年才开始陡峭上升。这一年发生了三个偶然的事件:亚当·斯密写的《国富论》出版了,托马斯·杰斐逊起草了《独立宣言》,詹姆斯·瓦特改进了蒸汽机。

理性驱动下的科技与市场,推动了人类生活的飞速发展。我们借助概率、统计学、混沌理论和人工智能,重新审视连续性生活背后的非连续性。理工科的学生通过新理论和新公式,发现非连续性背后的内在联系。然而，新的工具在解决了许多旧问题的同时，也带来了不少新问题。

钟形曲线通常能准确反映数据分布，但偶尔一次错误就可能引发毁灭性的"黑天鹅"事件。均值回归如地心引力般稳定，可是当投资者试图低买高卖并期待这一法则发挥作用时，往往会发现它并不总是有效。

无论多么强大的电脑或人脑，也无法通过输入过去的数据来准确预测未来。因为所谓的过去，只是无数个湮没在时间黑洞中的平行宇宙之一。乐观是我们唯一的选择，因为一切终将消逝，悲观无济于事，旅途本身便是生命的全部意义。

马斯克曾表示，宁可错误地乐观，也不要正确地悲观。这句话传达了一个深刻的理念：我们需要乐观地幻想，悲观地计划，平静地执行。

乐观地幻想，别过于沉湎于自己的过去，要把更多的情感留给自己的未来。

悲观地规划，并不是打算投降，而是需要统计清楚自己的资源数量。

平静地执行，不存在把一手好牌打烂，因为我们始终有机会重新洗牌。

人们常说，我们再也无法回到昨天。我们能做的，只有好好计算自己的"口粮"，并且不因为对已知条件的模糊不清而放弃对正确价值的追求。

那么，什么才算是规律（全局）呢？全局性是个体与世界之间的关系，是一种均衡，而非征服；是一种连接，而非吞并。我们不必在意别人拥有得更多，因为比较是万恶之源。只有看清规律（全局），以智慧和仁慈的态度去生活，我们才能更加幸福。

据说，亚洲人看斑马和非洲人看斑马的方式是不一样的。亚洲人往往认为斑马是白色的马身上有许多黑条纹，而非洲人则觉得斑马是黑色的马身上长着白条纹。这一差异表明，即使我们身处同样的环境，选择不同的背景底色，看到的信息和内容也会截然不同。

生命的底色就像绘画中的底色，虽然不显眼，却衬托出全局。它可以分为先天底色和后天底色。先天底色是我们承袭自祖辈的传统文化，而后天底色则是在我们不谙世事时悄然形成的。你所处的时间、空间及出生的家庭，都是构成你后天底色的重要因素。这些底色共同塑造了我们看待世界的方式。

中国传统文化源远流长,构成了中华儿女共同的先天底色。这一底色影响着我们与世界的互动方式,促使我们不断向内心探索。当我们开始关注内心时,会发现世界并不像我们想象的那样可怕,也没有那么可爱。

尽管我们有共同的先天底色,但在生活中,我们往往会无意识地选择个人的后天底色。这种后天底色影响着我们对事物的看法,决定了我们所感知的事实。这种现象在我们评判他人的时候尤为明显。

比如,一个浪子,只要回头,部分人的关注点便会转变,认为他的改变特别了不起。与此相对,一生行善的人之所以一时失误就名声扫地,是因为有些人用"好人"的底色来评判他。

比如,在与陌生人交往时,初次接触时对方给予一点帮助,有人可能会非常感动。但随着关系的深入,当这种给予变为理所当然时,某些情况下这些人的关注点往往会转向对方对自己不够好的地方,甚至是对方没有给予的东西。

比如,父母对于孩子倾尽所有,但这种无条件的付出会导致孩子在心中形成"应该"的底色,认为父母的付出是理所当然的。真正的孝道教育应当让孩子明白,没有理所当然的付出,父母的爱需要孩子的爱来回应。

比如,在企业或个人品牌的规划中,管理背景底色尤为重要。一种高明的做法是,企业的领导者在不同场合适当地表达自己的缺点,以避免给人一种完美无缺的印象,适时自我批评,才能更好地进行品牌管理。这种策略不仅能够增强真实感,还能拉近与公众的距离,从而降低潜在的风险。

当下,许多人开始反思自己的判断和价值观。这要求我们深入理解每个判断背后的底色。当别人抱怨时,我们要意识到对方的情绪和反应源自他们的底色。如果我们能够识别并描绘出对方的底色,就能更有效地沟通,或许还能引发一笑,从而拉近彼此的距离。

这种对底色的理解,正是我们面对复杂人际关系时所需要的智慧。

"人心惟危,道心惟微,惟精惟一,允执厥中。"这十六字真传让我深受感动。它仿佛在告诉我，尽管世界发生了许多变化，但内心的底色可以不变。那些与生俱来的潜意识底色，会让我更容易地识别和珍惜那些追求简单、不张扬的伙伴。这种识别不仅让我更加清晰地看待周围的人和事，也帮助我点燃内心的生命之光。

法国著名雕塑家罗曼·罗丹说过这样一句话："生活中并不缺少美,而是缺少发现美的眼睛。"一个人的生活品质与审美力息息相关,审美力直接影响着我们的个人竞争力和幸福指数。那么,美到底是什么呢? 这也是千百年来人们一直在追问的问题,不同的大师就有不同的解释。

美是顾城说的:"草在结它的种子/风在摇它的叶子/我们站着,不说话/就十分美好。"

美是林清玄说的:"人间最美是清欢。"

美是林语堂说的:"优雅地老去,也不失为一种美感。"

美是庄子说的:"天地有大美而不言。"

…………

众多的解释里面,最为贴切、最易理解的

解释来自著名发明家爱迪生，他指出："最能直接打动心灵的还是美。"

我小时候，即20世纪80年代，有一种非常流行的东西叫健美裤，几乎一夜之间风靡全国。所有女青年，无论高矮胖瘦，都穿它。我想讲的是，在物资匮乏的年代，类似的审美跟风现象十分普遍。不过现在呢？虽然物质上的审美跟风少了，但是我们在精神层面的审美往往仍然局限于单一的范式。

精神审美力构筑了我们人生的可能性、方向性和趣味性。如果一个人能够细致入微地感知周围的事物，并时刻保持审美力，他就有可能找到拯救无趣灵魂的方法，从而对抗生活的苦涩。这种审美力不是仅仅针对美人和美物，而是涵盖了天地万物，涉及生活的方方面面。

无论社交还是独处，都要保持精神审美力。成年人社交的本质，既是功能性的，又是审美性的。稳固的友谊中，彼此旗鼓相当，既有用又有趣，才能维持更长远的关系，并构建出独特的氛围。社交中的精神审美力，并非只体现在初见的欢愉中，而是在时光流逝后依然存在的深刻联系。共同的文化构成了经典，而个人的情感则是独特的情结。当弦外之音与深厚情感交织时，即使一壶浊酒也能让我们尽享余欢，填补心灵的孤独与缺失，这与我们在一起的形式无关。

波德莱尔有句诗："也许你我终将行踪不明，但是你该知道我曾因你动情。"电视连续剧《西游记》里有一集叫《取经女儿国》，其中充满了美感。在我看来，柔情似水的女儿国国王撬动了唐僧磐石般坚毅的内心。他虽克制隐忍，却难掩心中的好感，满头汗水就是明证。在临行前，唐僧从女王手中接过通关文牒时，两人四目相对，欲语还休。"世间安得双全法，不负如来不负卿。"这句充满情感的话，成了他成佛路上一劫的写照。

在电影《一代宗师》中，叶问与宫二之间的情感同样极具审美力。叶问在信中写道："叶底藏花一度，梦里踏雪几回。"宫二心中对此情愫深有感触。她冷静的外表下掩藏着情感的洪流，而叶问则说宫二"就差个转身"。两人在四方桌旁静静地对坐，淡淡地交谈。她的叙述很平静："说句真心话，我心里有过你，我把这话告诉你也没什么。喜欢人不犯法，可我也只能到喜欢为止了。"成年人的情感往往不在于性，而在于审美与理解。无处安放的情绪，独一无二的真心，恰巧遇见了值得信任的人，这种理解美化和丰富了彼此的人生。

在生活中，具有精神审美力的交往不仅存在于爱情中，也可以体现在友情之中。《爱情神话》里，老白认识的三个美丽而成熟的女性，尽管走着三条不同的道路，但她们的精神核心殊途同归。因此，在老白家紧张刺激的饭局上，谁是"野猫"，谁"吃剩饭"，都不再那么重要。时光蒸馏出了真正的牵挂，既充满美感，又让人感到自在与充满力量。

独处时的禅定是一种高级的精神审美力。只有在经历极度动荡和生死考验，超越内心的恐惧后，你的心才能真正地沉静下来。王阳明对禅定有着独到的见解，他认为可以通过日常生活中的磨炼来修习禅定。他曾坐过大牢，出狱后被追杀，假装跳江自杀以逃脱追杀，最后被发配到贵州……然而，无论是在官场上失意，还是在石头棺材中隐居，他始终能超越死亡恐惧，让心安定，达到禅定的美。

当一个人拥有精神审美力时，凝视一幅画的瞬间，便暂时沉浸在色彩描绘的世界中；聆听一支乐曲时，思绪便随音符翱翔；阅读一本名著时，心灵便得到慰藉。虽然个体背景可能会有所不同，但每个人都可以通过学习和实践来提升这一能力。它如同为内心构建了一个操作系统，无论是在社交场合还是独处时，都应将审美融入其中。如此，你的生命就会在智慧的台阶上不断攀升。

向美而生

辑三　无限放大

我小时候就喜欢读书，这几年"误入歧途"，偶尔写书，不知将来会不会变成一个卖书的人。我认为，每位写过书的人都有一个朴素的愿望，那就是希望更多的人能阅读自己写的书，因为没有读者的书是没有意义的。那么，怎样的书才能吸引读者呢？在这里，我试着抛砖引玉，浅薄地谈几点看法。

封　面

书的封面就像人的脸。我小时候常听长辈们讽刺那些不认真学习的人，称他们看书只看封面，看报只看标题。然而，我们可以换个角度理解：看书先看封面，看报先看标题，这其实反映了正常的阅读心理。我有一个观点，那就是读书就像谈恋爱，我们难免以貌取人。

书的封面就像一个人的脸，可以眉清目秀、浓眉大眼，甚至可以稍显粗犷，但绝不能显得歪瓜裂枣、獐头鼠目、邋里邋遢。邋里邋遢在审美上被视为脏，而脏是审美的大忌。因此，书的封面首先必须清爽。以邓晓芒翻译的"康德哲学三部曲"为例，其淡绿色的底色上有一个德国古典时期的人物形象，显得清爽典雅、庄重大方。不过，封面的设计主要是出版社的工作，作为作者还可以关注哪些方面呢？

书　名

如果说书的封面是人的脸，那么书名就是眼睛。想要了解一个人，首先需要看他的眼睛；同样，要了解一本书，就要先看它的书名。然而，许多作者却过于关注内在的心灵美，而忽视了书名的吸引力。

举个例子，有位民营企业家在美国打赢了官司，想出版一本书。他想了三个书名，让大家帮忙选择。这三个书名分别是：《我们赢了》《分享我的胜利吧》《在美国打官司》。如果让我选择，我会认为《我们赢了》是最不好的选项。这个书名暗示了他和对手之间的对立，

向美而生

打官司就像竞技体育,胜负本是常态,赢了又有什么值得炫耀的呢? 如果非要用这个书名,我建议改为《谢谢你让我们赢了》,这样更显风度,仿佛武林高手在切磋后互致敬意。第二个选项《分享我的胜利吧》为什么不好呢? 这种自我中心的表述让人觉得无关紧要。你的胜利与我何干? 我为什么要接受你的分享? 书名和标题应为读者而设,而非仅仅为自己。如果一定要提到输赢,可以改为《我们差点输了》。这种书名更容易引起读者的好奇心:什么时候差点输了? 如何从"差点输"中逆转? 这样一来,书与读者之间就能建立起关联。相比之下,第三个选项《在美国打官司》比前两个要好些。

书名若让读者感到作者自作多情,往往会让他们感到困惑。还有一些作者在模糊的主标题下再加上解释性的副标题,实际上,我认为这种命名方式最不理想,因为读者在注意到副标题之前,往往已经放弃了这本书。此外,书名也不要过于诗意。有位作家曾分享过自己的经历,他最初想用贾岛的诗句"秋风生渭水,落叶满长安"作为标题,但出版社的副总编辑却认为这个标题并不合适,并从文章中提炼出一个标题"秦腔是西安人的足球"。副总编辑的标题是不是更好呢?

第一句

可以这样说,封面是人脸,书名是眼睛,而书籍的第一句话就是眼神。气质和风格体现在眼神中,虽然眼神可以多样,但唯独不能飘忽不定。一旦眼神飘忽,作品就会失去吸引力,读者自然不会买账。虽然我们无法确保自己的眼神光彩夺目,但至少要避免让人感到厌倦,因为作者需要和读者进行有效的交流。好的作家都会注意自己作品中的第一句话。我记得一些令人印象深刻的开篇,比如《艳阳天》的第一句:"萧长春死了媳妇,三年还没续上。"还有《易中天中华史:三国纪》的第一句:"汉灵帝死后的洛阳,满城都是杀气。"很多小说都是我通过第一句的浏览决定是否继续阅读的,因为第一句的气质可以告诉我,这是不是一部好小说,作者是不是一位好作家。

然而,真正让我震撼的是这样的第一句:"点没有

向美而生

可以分割的部分。"这是《几何原本》中"定义"卷的第一句话。这本书的作者是古希腊数学家欧几里得，这句话之所以令我震惊，是因为我再也想不出其他的表述方式，无法找到更好的定义。无论你把点画得多大，它始终是不可分割的。《几何原本》中"定义"卷的第一句体现了理性而严谨的气质，这种气质是迷人的。一位男性如果具备这样的气质，往往能吸引女性；而一本书如果拥有这样的气质，往往能深深地打动读者。

内　容

　　内容永远是最重要的。对于书籍和文章来说，最重要、最根本的就是内容。如果没有好的内容，其他的技术和技巧都没用。这就像一个好的编剧，如果不断地设置悬念，最后却不了了之，无法给出合理的解释和完美的结局，那么观众自然会感到失望。书籍不仅需要有吸引人的封面、精彩的书名和引人入胜的第一句话，更需要有扎实的内容。有位作家曾经指出，如果一本书的书名引人入胜但内容空洞，那就像诈骗；如果开头华丽迷人，但后面的内容乏味，那就是在敷衍了事。

最后，我简单总结一下，一本书要如何才能吸引读者？封面要美观，书名要恰当，第一句话要有气质，内容要真实。

向美而生

　　我曾经创立过一个公司叫九鲲，"鲲"字源自庄子《逍遥游》中的"北冥有鱼，其名为鲲"。鲲化为鹏，飞到天上去俯瞰苍茫大地，成为世界的观察者，这种状态体现了一种"外天下"的新自由。其实，鲲有没有化为鹏并不重要，关键在于我们的每一个当下，是否能够拥有一种"外天下"的抽离感。只有当我们学会从现实中抽离出来，才能意识到自己常常被"大小、好坏、高低、贵贱"等概念束缚。这正是庄子所说的"至人无己，神人无功，圣人无名"。只有当我们不再被游戏所困扰，才能真正超越游戏规则，这才是获得逍遥的开始。

　　在亳空间，我读到了庄子的《养生主》。通过"庖丁解牛"的故事，我更加领悟到我们不过是"游历于事件之中的一片尘埃"。如果我们能够顺应因缘和合的力量，该停的时候停，该走的时候走，自然不会受到阻碍和伤害，也不会被夹成一个"人囚"。我们"抽刀而出"，这把刀象征着我们在世间的存在：以无痛的方式进入世间，以游走的姿态不受伤害。随着年龄增长，保持如少年般的活力，就像一把刚刚开刃的新刀，这才是世间游走的乐趣。

我们不仅要学会在世间游走，更要意识到我们的精神与文化是薪火相传的。木头可以烧尽，但点燃的火焰和油灯却能延绵不绝，那是我们的"祖"。这个"祖"其实是我们每一个人，在经历百千浩劫之后，依然保留的集体记忆。我们身上汇聚的万千祖先的经历、记忆、伤痛与欢乐，以某种方式投射在我们身上。

颜回问孔子："如何面对人心的险恶?"孔子告诉他："人心险恶本来没有什么问题，真正的问题在于你不了解人间险恶。"这段对话与庄子《养生主》中提到的"为善无尽明，为恶无尽刑"相呼应，十分巧妙。其实，一旦我们能够认识世间游戏的底层逻辑，外在的种种

　　　　　　　　　　　　　　向美而生

纷扰便显得不再重要。这就如一部能上网的手机,哪怕外表不尽如人意,但与一部镶嵌钻石却无法上网的手机相比,前者还是好太多了。

最近,我结识了一些新朋友,我们进行了深刻而欢乐的交流。深刻和欢乐是相通的,交流是相互学习的过程,正如庄子在《大宗师》中所言,我们应以"大道"为宗师。三人行,必有我师。通过与他人的联系和互动,我们能够观察到自身内心的波动,进而体会到这种波动的不可捉摸和难以言说,这正是"大道"的境界。这说明,真正的学习不仅仅是积累经验,而是理解和掌握根本规律。

每个人的前半生,或多或少都会经历抱怨、挣扎、任性和疲惫。最终,我们会沉淀下来,厘清脉络。于是,不再计较外界对我们的评价,不再把责任推给他人或社会,而是将一切经历,不管好的坏的,都回归自己身上去消化。这一过程就像是接近"大道"的体验,使我们更接近智慧。没有智慧的人,未必会生活得痛苦,但他们的生活往往会显得浑浊,无法清晰地识别自己的痛苦,从而让痛苦在无形中滋长。智慧使我们洞察内心，理解自我，进而在生活中找到真正的平和与快乐。

我读庄子，如同置身梦境，他的文字既丰富又模糊，似乎一切都说了，又好像什么都没说。他将关于终极问题的思考浓缩到对时间的探讨上，过去和未来并非我们想象得那样固定。我们永远都在路上，生活的涟漪就是我们的修行痕迹，我们要努力让自己变得柔软而亲切。生命有三德：柔软、清净和如法。最后的那个如法是随时随地的真实，是对事物本质的认知，代表着心法的基础。我意识到一个朴素的真相：过去并没有我们想象得那么美好，未来也不会如我们期待那样辉煌。于是，我们就自然而然地开始放下对过去的执着和对未来的期盼，开始"用心若镜，不将不迎，应而不藏，故能胜物而不伤"。

庄周梦蝶，让我们在梦境中变成自己生命的旁观者。在梦里，我们拥有飞翔的能力和超然的自信。在灵魂最深处的梦境中，善良而质朴的种子悄然扎根。我们可曾思考，晚上做一个好梦，是为了让第二天生活更有精神，还是每个白天的生活，实际上是为了让我们晚上能做个好梦？你为此所做出的选择，正是你的人生观。庄子唤起了我们熟悉又陌生的生命体验，让我们看到了梦中既清晰又模糊的自我，帮助我们重新组合智慧与力量。

《庄子·德充符》说了一个在普通人眼中显得奇怪的人物——他长相平凡、身体不健全，也没有多少钱，但拥有无比的魅力。这让我觉得，这正是庄子的一种精神"化妆术"，他以一种灵魂版的"美图秀秀"为自己的生命赋予了深刻的意义。

在《庄子·德充符》里，庄子告诉我们变得有魅力的方法，前提是不执着表象。人们常常利用自己所能理解的理论，让生活看似更加美好、更有意义，甚至更完整。然而，在内心深处，我们每个人或多或少都会觉得自己不够漂亮、不够有钱、不够聪明……因此，我们需要学会努力放下那些关于腿粗与否、肚子大不大、孩子优秀与否的执念，这些其实都是表象。"执象而求，咫尺千里"，如果一个人能够慢慢地发现,所有表象只不过是一系列幻觉,是过往习性所造成的当下的错觉和幻象,那么当他开始不再执着于这些表象时,就为人生的蜕变做好了准备。

似乎我们每个人都曾经问过自己:"在我喜欢的人和喜欢我的人之间,我该选择谁?"这实际上是一种内心想法的投射。现在,我的答案是:选择性格温和的人,选择那些自处时不感到疲惫的人。如果一个人能够和自己相处得很轻松,那么你与他相处时也会感到轻松;而那些让你觉得相处起来很累的人,往往也是与自己内心斗争较为激烈的人。大道至简,不让人讨厌,原来是一个人魅力的主要源泉。

我们如果能够在孩子很小的时候,通过一些方法教会他们学会自处,那么他们将收到一份人生中最珍贵的礼物——成为一个不讨厌自己的人,进而成为一个不被他人讨厌的人,最终培养出持久的魅力。可以想象一下,一个小孩跟着父母外出会客,大人们或许在聊政治、经济,或许在讨论房产投资,甚至可能是在打麻将和侃大山。然而,这个孩子静静地坐在一旁,注视着他们。他没有发呆,也没有玩游戏,更没有发脾气,甚至不觉得无聊,他只是安静地看着这些大人,不做任何评价,这样的孩子我是多么喜欢啊。

如果这个孩子长大后成了你的男朋友,当你向他抱怨公司领导和同事时,他在你身边,既不肯定也不否定,只是温柔地倾听,可能会点点头,或者静静地看着你,没有愤怒,也没有不耐烦。你会觉得这样的伴侣是多么好啊。之后,他成为父亲,当孩子回家与他分享任何事情,或者选择不说什么时,他也不会追问,更不会逼迫孩子去结婚,这样的父亲是多么令人欣慰啊。后来,当他变成老爷爷,他不会在晚辈面前强行分享人生经验,也不会讲述保健养生的秘诀,更不会特地感谢你来看望他,但他会安静地欢迎你的到来,你会觉得这样的老人是多么让人感到温暖啊。

有魅力的人会拥有更多自洽和内在安静。在饭桌上,我们常常会发现,有时突然陷入沉默,这段沉默实际上能够反映在场每一个人的内心是否充盈。事实上,总会有些人忍不住率先说话打破沉默的气氛;而另一些人则不觉得这种沉默特别难受,也不会认为所谓的"冷场"有多尴尬。后者更能自处,他们并不认为自己应该充当饭局的主导者或活跃气氛的人,只是安静而怡然自得地待在那里。因为他们对外部发生的一切没有那么强的评判和情绪反应。然后,奇怪的事情发生了。那些急于发言的人,内心深处会隐隐觉得,那些既不急于表达,又不急于倾听,既不会拿出手机,又不会发呆的人,实际上散发着一种奇特的魅力。这种自洽与内在安静会展现为一种非常优雅的人格特质。你会突然发现,这样的人能够让自己的频率与周围环境的频率和谐一致,从而让你感到无比自在与舒适。

"山中习静观朝槿,松下清斋折露葵。"这种情景,不正是庄子在《德充符》中所传达的吗?许多魅力源于习得的自处能力和内在宁静。不被外界干扰的自处能力以及保持内心安静的能力,是两种珍贵的生命魅力资产。一个人可以变老、可以容貌平凡、可以贫穷、可以残疾……但绝不能唠唠叨叨、惹人厌烦。我们必须学会保持安静,这种安静不是伪装的,而是发自内心的,因为你要与自己相处得很好。当我们能够淡泊从容、安静自持,而不再追求过分的聪明或过于笨拙时，一切都将转化为自身的魅力。此时，你的内心充满了平和、正直、安稳与和谐。

真正有魅力的人是世间的高手，他们不需要刻意习得技巧和方法，而是专注于超越表象，不受外界干扰，自洽而安静，这才是真正的内功。因此，他们以从容淡定的态度，过着充满魅力的生活。

向美而生

很多人以为，人是慢慢长大，再慢慢变老的。其实不然，张爱玲在十八岁时，已经看透红尘人心，她的眼神犀利得像刀子。而冰心，一辈子都是"女孩"，八十岁还相信"有了爱就有了一切"。由此可见，岁月如同文火慢炖，缓缓改变人的容颜，而经历则如大火快炒，瞬间烹出心智的蜕变。

在二十多岁的时候，我常常会为那些坚定的神情动容，认为人生需要很多看得见的勇敢和坚强。然而，这些年，经历了不少风雨，我发现生活其实不需要太多的勇敢，只要有坚强足矣。而坚强，并不一定是锃亮的钢盔铁甲，有时，它只是一场风暴中的莞尔一笑。

前段时间，我看到了这样一条新闻。一

个孩子向爸爸发微信,告诉他自己被确诊为抑郁症,这个孩子本来不想告诉家人,但担心情绪不稳定,最终还是忍不住说了。然而,爸爸的回复让我感到震惊:"哪来的抑郁？摆正自己的位置,端正自己的心态,普通人就过普通的生活！梦想很丰满,现实很骨感！醒醒吧！说句打击你的话,以你如今的工作和生活状态,能自足就万幸了！在你身上,我根本看不到年轻人的拼搏劲、学习劲和努力劲！正常思维,规律生活,干该干的事！少壮不努力,老大徒伤悲！"

我有一种不祥的预感。这位父亲可能会失去他的孩子,生活已经给了他暗示,但他完全不屑于察觉。我能想象,即使他最终失去了孩子,他也会想:"多大点事啊,现在的孩子怎么这么不抗压呢？"

家长并不需要高高在上,也不必全知全能。面对抑郁的孩子,最重要的是选择沉默倾听,并告诉他们:"这不容易,但不容易的东西是值得的。"很多时候,让人感到抑郁的,往往不是某个人或某件事,而是那段岁月,以及在那些日子里流淌的情绪,甚至是某个瞬间的感受。

向美而生

处理情绪

弗洛伊德说:"未被表达的情绪,永远都不会消失,它们只是被活埋了。终有一天,它们会以更丑恶的方式爆发出来。"我想每个人都曾经有过类似的体验。我们常常试图转移焦点,把负面情绪埋葬,但这些情绪终究会在某个时刻爆发,可能会伤害他人,也可能会在深夜里侵蚀自己。

实际上,很多时候我们的情绪得不到表达,正是因为我们觉得表达情绪是不好的。焦虑、烦躁、愤怒和痛苦往往被压抑。然而,情绪来自哪里,就应该在哪里被解决掉,表达情绪永远没有错,但是要记得一点,表达情绪是为了解决问题,而非单纯地发泄。

踏实做事

情绪的真正表达方式在于踏实做事。无论我们是否喜欢,只有坚持才会带来收获。同时,我们也要提醒自己,踏实做事的根本目的并不是被认可、结人缘、被赞美,而是积累能量,从而换取自由——选择的自由、拒绝的自由、保持本色的自由。

当然，生活中并非所有事情都值得坚持。我从来不认为"固执的坚持"是一种美德。比如，坚持抽烟、熬夜，这些最终能有什么收获呢？又如，忍受一段煎熬的婚姻或一场家庭暴力，这些又有什么意义？适时的放弃，往往才是明智的选择。

那么，坚持与放弃之间的辩证关系是什么呢？应该坚持的是那些能为生活带来积极作用的事情，比如运动、对某项技能的掌握，或是保持乐观的生活态度等。而那些对生活无益的事情，比如暴食、宿醉，或是陷入不快乐的爱情，则应当坦然放弃，切勿执着。

自带疏离

我看过杨苡写的《一百年，许多人，许多事：杨苡口述自传》。杨苡是大家闺秀，前三十年的生活如花般绚烂，并赐予了她足够的财富来支撑随后七十年的普鲁斯特式的追忆。她从小就喜欢被拍照，懂得笑，笑得动人。然而，她对自己在照片里的样子却感到陌生。杨苡的口头禅是"真奇怪"，这也透露出了疏离感，表明她对事物和现象的持续好奇和思考。在青春过后，她经历了命运的巨大转折，而她内心的疏离感似乎成了她在新旧世界交替间的悬梯和护身符。

这几年，我们的工作和生活变得多元而复杂。当年的朋辈渐行渐远，昔日的英雄也纷纷落入尘埃。新的秩序正在形成。生活如同一个巫师，他不给你想要的东西，而是只给予那些你不知道但其实真正渴望的东西。在"你不知道"和"你其实真正想要的东西"之间，或许正是我们那份自带的疏离感的归属之处。

细节暗示

我读过很多名人自传，发现那些值得铭记的往事的迷人之处往往在于细节。然而，人们最不擅长的事情之一便是回忆。回忆很少是完整真实的，更多的是选择性的细节、重新阐释和自我和解。从这个意义上看，回忆或许是遗忘的另一种选择，它让我们能够心平气和地与过去告别，使所有经历的生命事件都显得自洽而合理。过往的细节碎片，似乎总能成为未来命运的暗示，每个事件都源于某些先前的经历，因此，几乎每个事件都可以被解释或预言。

我们的生活中充满了各种暗示，只是因为我们忙碌而未察觉。有些奇怪的事情出现，可能正是在提醒我们要认真思考。

不必着急

余生还长，不必着急。姜子牙经历了漫长的等待后才遇见明主，司马懿在历经波折后终于获得重用，刘邦四十多岁时还在沛县做亭长。有位知名人士曾在一次演讲中说他用十年做成别人五年做成的事；用二十年去做别人十年做成的事情。如果这样还不行，他就保持身体健康、心情愉快，到了八十岁，把别人一个个送走以后再去做别人未做成的事。

君不见前一年冬天大雪曾来，现在已是无声无息，我们不必抖落，它早已化作云气，痕迹全无。从古至今，真正厉害的人从来都不着急。《菜根谭》里说：

岁月本长，而忙者自促；天地本宽，而鄙者自隘；风花雪月本闲，而劳攘者自冗。

不着急的人，比快节奏的人更懂得享受生命的乐趣。慢一点，才能看见更美的风景。别着急，是对自己最好的温柔。

天道酬智

天道未必酬勤，但凡事多半都有因果，天道更重视智慧。这种智慧不仅包括长期努力坚持做一件事，还要用平常心来审视自己，清醒地认识到，并非所有的努力都能得到预期的结果。我们只能去做自己认为正确的事情，然后平静地接受心想事成或事与愿违的现实，否则就容易陷入痴人的状态。痴人也有两种：一种是因为智慧浅薄，另一种是因为情执深重。倘若智慧浅，看清真相远比盲目相信道理更重要；倘若情执深，是因为对某种事物的过度迷恋，虽然头脑清醒，却仍然在行动上不够明晰，甚至认为只有殉情、殉物才算是真心。

智慧浅就像常见病。人有时经历艰难的跋涉和痛苦的煎熬，才能真正与自己的内心对话，最终醍醐灌顶，获得智慧。我认为，与自己心灵对话的方式有三种：祈祷，是我们与天交流；艺术，是我们与地交流；科研，是我们与自我交流。情执深就像突发病。哲学家弗洛姆分析过两种爱：幼稚的爱与成熟的爱。他指出，幼稚的爱是"我爱你，因为我需要你"，而成熟的爱则是"我需要你，因为我爱你"。最理想的情感状态是能够深情地投入，又能够拂袖而去。我们要保持自己的独立性，不要被好的或不好的感受影响。好的感受和不好的感受都会出现，我们在经历后要学会放下，无论是好的还是坏的，都要清空，留给自己一个宁静的心境。

珍惜美好

木心在《动情时刻》里写道：

> 爱情，亦三种境界耳。少年出乎好奇，青年在于审美，中年归向求知。老之将至，义无反顾。

四十岁之后，我发现许多人见过一次面以后便不再相见。但有一些朋友，我会珍惜一辈子，他们在我难过时如酒，口渴时如水。美好情感的本质是一种力量的相互激发，是两个人共同向往未来和创造价值的能力。只有两个本就优秀的个体，才能孕育出美好的感情。正如一些我喜欢的文字，初读时未必有力量，只有经过思考后，才会显露出深意。

人只有保持活泼的姿态，才能逆流而上。如果人整天沉浸在悲伤中，困在过去，缺乏建设性和对美好的探索欲，生活会更加悲凉。生命成熟的过程，更多的是走向安静，走向内在的力量，喜物而不溺于物，钟情而不陷于情。爱人不毁人，爱花不败花。即便鸽子要飞，我的心中难免难过，但我仍然祈祷它能飞过千山万水。做个心定的人，不为外物所扰，不被流年所欺，眼中无是非，心中有霞飞，这才是真正的成长。

体面是一种境界，能够立见高下。它不是刻意装扮出来的，也无法一蹴而就。无论一百年前，还是五百年后，有教养的家庭必然会教导孩子如何以体面的方式待人接物。

"喜怒哀乐之未发，谓之中；发而皆中节，谓之和。"那些"致中和"的人，往往经历了漫长的磨砺。这种磨砺不仅体现在外在环境中，更是内心深处的成长和蜕变。人磨墨，墨磨人，这是一种长年累月的家教所带来的结果，是通过不断地克服人性弱点所形成的品格。这种体面已经渗透到生活的点滴之中，成为一种根深蒂固的处事方式，彰显出真正的风度与修养。

说话的体面，不仅要言之有物、说得在理，更在于尊重别人的感受。我有位朋友是一家上市公司的老总,他每次回复信息都会花很多时间。他说:"员工会认真揣摩你的意思,稍有不慎,就会产生大量意料之外的噪声。我付出很大努力,才能提高语言表达的信噪比。"很多大人物在公众场合的表达都能做到"每临大事有静气"。但在得意时或者身边有人鼓掌吹捧时,他们偶尔会不自觉地失去体面,言语失控,甚至闯下大祸。

生活的体面,通常体现在关键时刻展现出的品格。夫妻双方离婚时,主张离婚的一方最终下定决心,往往并非最初的原因,而是离婚过程中另一方的恶劣表现,强化了离婚的念头。这就是 MOT(Moment of Truth),即真相乍现的时刻。在争吵、受辱或面临危机时,一个人的真实品格就会暴露出来。这在风平浪静或小争吵时,往往无法看出。有人虽然本性善良,但情绪不稳定;而有些人则品性恶劣,但能很好地控制情绪。在生活中,性格决定体面程度。

工作的体面,就是我们要掌握"自我控股权"。很多时候,我们会被各种"门口的野蛮人"侵占了自我份额,引发激烈的情绪,事后才意识到自己"被绑架"。在资本市场上，抢劫犯不一定带刀，而是通过搅乱对方阵脚来操纵一家公司。如果我们没有掌握"自我控股权"，就容易出现让亲者痛、仇者快的行为和让我们痛心的行为。即使握有正义，但若忘记了体面的姿态，急躁和怒气也会让自己大大减分。

穿衣和写作都是表达精神层面体面的重要方式。古人云："先敬罗裳后敬人。"我曾经读过一本书，名叫《上海的金枝玉叶》，书中描绘了富家千金郭婉莹被下放到农场劳动的场景。她穿着浆洗得干净整洁的旗袍，脚上是一双擦得锃亮的皮鞋，优雅地刷着马桶。随着故事的发展，她在命运的狂风暴雨中始终保持着优雅。这表明，得体的衣着只是郭婉莹的外在，真正体现她贵族精神的，是那种刻在骨子里的坚强和豁达。

在《滚滚红尘》中，没落的大户人家小姐韶华与章能才初次相拥时，竟用勾花桌布充当披肩。在章能才的疼惜注视中，她敏感地将桌布摘下。章能才苦笑着说："韶华，你没有披肩，我没有灵魂。"其实，韶华小姐不在乎披肩的存在，因为她拥有完整的灵魂。她能够深切理解在颠沛流离中无能为力的章能才，并将逃命的船票交到了他手中。我认为，无论在顺境还是逆境中，我们都不应放弃对自己的装扮。得体而整洁的衣裳，象征着我们每一步都在向柳暗花明靠近，提醒在苦难中的我们永不放弃。

文学中的体面，会为我们带来很多灵感。例如，钱锺书在散文《窗》中探讨了门和窗的区别：

> 一个外来者，打门请进，有所要求，有所询问，他至多是个客人，一切要等主人来决定。反过来说，一个钻窗子进来的人，不管是偷东西还是偷情，早已决定来替你做个暂时的主人，顾不到你的欢迎和拒绝了。

钱锺书具有将普通事物进行独特表达的才华。如果仔细品味，你会发现他用非常得体的大白话，将窗与门之间的微妙差异表现得淋漓尽致。

简单极致，让人舒服，就是高级的体面。例如，《山丘》的歌词：

想说却还没说的还很多，攒着是因为想写成歌，让人轻轻地唱着，淡淡地记着，就算终于忘了，也值得。

每一个字都很普通，而它们串联在一起，却能引发强烈的共鸣。那些"戳心"的话，往往是用低声淡淡地说出来的，却能在心中激起涟漪。

以上所讲的体面，是建立在见过世面的基础上的。所谓的世面，并不是指我们去过多少高档场所，穿过什么名牌衣服，或游历了哪些地方，而是当人性的弱点在我们面前暴露，面对各种匪夷所思的行为时，我们依然能够保持宁静与坦然。真正的体面在于我们已体验了人生的百态，领悟了天地之道，见识了众生之相。我们要做到"不以物喜，不以己悲"。即使"乱花渐欲迷人眼"，我们依旧不坠青云之志；腹有诗书时，也不轻易夸夸其谈。当我们经历过世界的光明与阴暗，体会了人性的复杂多变与情绪的喜怒无常时，我们应做到不急不躁、风轻云淡、和光同尘。这种体面，是经过长期修炼而得来的。你做到了吗？

向美而生

　　作为终身学习的"围观群众"，我们只要肯学习，每个离婚故事都充满知识点。

　　首先我要表明态度，离婚属于个人权利，没有人能保证所有的投资都会盈利，自然也没有人能确保每段婚姻都能善始善终。有些人走到一起，最终却发现彼此在性格、素质或生活习惯上存在种种不合适。有人选择忍耐，直到对方生命终了，或许他们觉得自己赢了；也有人忍无可忍，选择奔向新的生活，将此作为一次亏损的投资。离婚是一种决策，是一种解脱自己的选择。那么，什么是好的决策呢？好的决策就是在权衡之后，发现采取这一行动比不采取更为合适。

　　我们首先聊聊，如何避免离婚。"爱而知其恶，憎而知其善。"在跟任何一个人相处的过程中，我们都应该有一个清晰的认知：我们都不完美，身上都有缺点；在孤独和无助的时刻，我们可能会犹豫、自私，甚至在极端情况下说出一些伤人的话；我们不能在爱得深沉时，过度美化或期待对方，同样，也不应在感情消散后，满怀恶意去指责、诽谤或憎恨对方。理解与包容，才能为彼此创造更好的相处空间。

当双方处于事业的上升期时，婚姻的最佳状态是互相促进。也就是说，因一方的存在，另一方的事业能够更加顺利，获取更多资源，取得更大成就。当双方处于事业的平稳发展期时，婚姻最佳的状态是互相托底。也就是说，当一方遇到困难时，另一方能够给予支持，从而避免一起陷入困境。然而，如果两个人的人生阶段不同，一方在努力奋斗，另一方却安于现状，或者一方上进，另一方颓废，那么婚姻关系就很难维持下去。在迈入婚姻之前，我认为我们要牢记这三句话：

在你没有价值之前，独善其身是一种美德。

真正的爱不是相濡以沫，而是互相成全。

让自己永远有价值，是我们的终身大事。

世间变化万千，真正能够给你依靠的，永远都是你

向美而生

自己。

好的婚姻不仅是选择的结果，也离不开双方的用心经营。我们千万要避免成为那种只依赖经营而忽视选择的人。如果说吃亏是福，我的理解是：小亏可以带来经验，大亏尽量避免；轻则一蹶不振，重则一命呜呼；明亏可以接受，但暗亏尽量不沾。我们要权衡利弊，给彼此留有余地，懂得何时全身而退，知道下一步该如何行动，看穿事情的本质却不轻易揭穿，这才是真正的婚姻智慧与格局。万不得已时，体面地离婚也是应该去努力实现的，在此，我提供以下几点建议。

第一，离婚理由要尽量高级。高级的理由，如"不能一同成长了"，更显得理智和深思熟虑。中级的理由，如"双方没有爱了"，虽可接受，但稍显平淡。最差的理由则是指责对方。这种方式不仅伤害了彼此的尊严，也为外界提供了笑柄。每次贬低对方，实际上也在伤害自己，得不偿失，毫无必要。选择合适的理由，不仅有助于维护自己的形象，也让离婚过程更加体面。

第二，离婚宣言要有文化。有人说，某对明星夫妻的离婚是一场颇具文化的离婚，因为他们在社交媒体上的文案中写道："一别两宽，各生欢喜。"这句话出自唐代《放妻书》。这句简单而深刻的话，传达了和平分手、互相祝福的态度，令人感慨不已，体现了克制与得体。

卓文君也为后世留下了两个经典的分手金句，一句是"闻君有两意，故来相决绝"，另一句是"锦水汤汤，与君长诀"。这两句至今仍被广泛引用，用以形容分手时的复杂情感和决绝之美。这样的离婚宣言，不仅展示了双方的素养与修养，也让分手的过程显得更有文化内涵。

另外，我认为，离婚宣言的标准格式应该是，开头写不后悔跟对方在一起，接着感谢跟对方在一起，最后表态以后继续做朋友。当然，发完声明后，是否需要把对方从自己的通讯录和生活里删除，酌情而定吧。

第三，端正心态，管好自己。生活要往前看，尽量少回忆过去。花时间回忆只会让你错失当下的美好。有些人在离婚后元气大伤，整天沉浸在伤痛中，恨不得葬个花儿以表哀思……但生活是要向前看的，未来往往比过去重要。同时，切忌急于投入下一段感情，因为

向美而生

这个时候容易做出报复性的决策。

离婚只是人生中有时不得不经历的一个阶段，不必因此投入过多精力。不要心急火燎、患得患失。我们要建立自己的内心堡垒和自信，以轻松的心态看待人生，这样才能活得精彩。

电影《周处除三害》对救赎的批判冷峻得令人震惊。我们不妨先从电影名谈起。"周处除三害"的典故见于《世说新语》和《晋书·周处传》等。周处性情乖张，武功高强，村民们都对他感到畏惧，并将他与当地的恶虎和蛟龙并称为"三害"。然而，周处见村民们因恶虎和蛟龙作恶而苦不堪言，于是亲自出手，先后杀掉了恶虎和蛟龙。由于他和蛟龙打斗三天三夜没能归来，村民们误以为他也已经死去，因而举行了庆祝大会，欢庆"三害"尽除。周处杀掉蛟龙归来，得知村民为他的"死"而欢庆时，简直尴尬至极。他原以为自己拯救了村庄，却不承想自己在村民心中也是"三害"之一。困惑之际，周处求救于当时顶尖的大才子"二陆"——陆机、陆云。陆云告诉他："古人贵朝闻夕改,君前涂尚可,且患志之不立,何忧名之不彰!"这番话令周处深受启发,最终洗心革面,重新做人,努力报效国家,成为一代名将,英勇战死沙场,留名青史。这个故事通过以暴制暴、恶人除恶的情节,传达了深刻的意义,展现了周处自我救赎的过程,以及成名后的最终归宿。

电影《周处除三害》的导演所要表达的核心,应该是铲除贪、嗔、痴三毒。影片中,陈桂林先杀掉香港仔,即以蛇为象征的嗔;再杀掉林禄和,即以鸽子为象征的贪;最后,陈桂林选择自首以赎罪,他自己即以猪为代表的痴。虽然有人认为这三个角色与贪、嗔、痴三毒相对应,但其实,这种对应关系并不是关键所在。影片真正引人入胜之处在于其重头戏——灵修道场,这显然是对现实的深刻寄寓和影射。通过这一场景,导演强调了内心修行与自我反思的重要性,提醒观众关注自己的内心。

在现实中,暴力犯罪对社会的危害,远不及各种怪力乱神所带来的影响。在电影前半部分中,虽然黑帮势力显得凶恶,但我们仍能清晰地看到他们罪恶的边界和后果。一旦有坏人被抓或被杀，罪恶就能被遏制，好人也能得到解救。然而，电影后半部分则截然不同。陈桂林要对付的林禄和已经变身为灵修机构的"尊者"，自称拥有神奇的超能力，吸引了大批虔诚信徒。但实际上，这位尊者依然在背后干着老一套的勾当。这种伪善的面具下，隐藏着更为隐秘和危险的操控，揭示了比暴力更为深层的社会毒害。

在黑帮中，老大依靠高压和恐吓来统治手下。然而，在灵修道场里，"尊者"则运用的是一种柔和的手段，凭借所谓的"神秘超能力"来维持权威，营造出一个信息茧房。虽然不听话的信徒同样会遭到惩罚，但理由却变成了"为你好"或"为全世界好"，这种惩罚被包装成一种利他的慈悲善行。

在电影中，"尊者"所干的每一桩肮脏勾当都依赖于信徒们的全力支持，这使得灵修道场内没有真正意义的受害者。信徒们既是"尊者"的帮凶，也是可怜的祭品。这种罪行没有明显的边界，影响和后果往往是无形而深远的。

从符号意义上看，黑帮中的香港仔象征着蛇，蛇有

向美而生

毒且邪恶，人人皆知。而尊者林禄和则化身为鸽子，鸽子看似人畜无害，象征着纯洁与和平，谁能想到鸽子却可以比蛇更坏，其带来的社会危害性更大？

在电影中，陈桂林的枪声震醒了众人，让他们从"尊者"的幻想中挣脱，意识到唯有直面现实的勇气和决断才是真正的力量。在现实生活中，我们常常在一种束缚与另一种束缚之间徘徊，比如在工作中，有些老板一方面想着少发工资，另一方面却让年轻人感恩、拼命付出。面对这种情况，年轻人该如何摆脱呢？

我认为，方法就是做一个"淡淡的人"。保持理性，不盲目相信，不轻易感动，避免激烈的情绪，保持淡泊与松弛。这样一来，谁都无法在精神上束缚你。

最终，陈桂林执念消融，选择自首，坦然地接受自己的罪与罚，乃至死亡。这一刻展现了他内心的解脱和真实。这个世界从来没有"救世主"，等待别人的拯救只会被奴役。真正的救赎在于自救，唯有摒弃贪、嗔、痴，停止自欺，才能改过自新，重获新生。真实地活，坦然放下，才能获得内心的自由与平静。

生命之韧，源自心力。一个人的心力，与他的先天条件、生活的时代、生活的地域息息相关，这些因素共同构成了他的心力基础。过去的成功往往根植于那种咬紧牙关、坚持不懈以等待机会的模式之中；而如今的成功，可能更多依附于心灵智慧，正如"哀莫大于心死"，一旦心灵池塘干涸，便如同陷入无尽黑暗。我们必须让自己焕发活力，主动释放一些积极的能量，为他人做些事情，才能赢得大家的青睐。

前一阵，我"刷"到了一位创投行业人士的脱口秀。他提到，2023年他学会了很多东西，比如喝白酒和打扑克。他自嘲说，如果创投干不下去，他就去说脱口秀。只要和别人说，他以前是做投资的，现在是一名喜剧演员,就没有比这更好笑的了。以前募资只需展示业绩,而如今则需要分析国际形势,提升自身素养。这看似是能力的升级,实则是心力的增强。在挣扎、困惑和绝望中,仍能保持旺盛的生命力和不移的定力,这便是心力的真实体现。

生命之美在于欢欢喜喜地拥抱世间的苦难。上述创投行业人士是创投圈里把王阳明理论发展为"创业心力"理论的投资人。他建立了一套独特的投资逻辑,力求在投资中实现知行合一。他很看重内观和自我反省,能够在混乱的时刻保持定力,面对市场波动带来的噪声,始终相信常识,心中不动,随机应变。这表明,主动连接并吸收前人思想与心力的过程,是积蓄自己内心力量的有效方式之一。

我们应该羡慕和欣赏那些没有太多心机,却总能踏准节拍的人。他们的内心力量特别强大,这就是精英的内心力量,是一种顺应自然、挥洒自如的气度,也是个人在精神层面上所能贡献的最大能量。2023年风马牛年终秀的主题是"挺住才有出路"。两位较年长的资深来宾经历了多个周期,踩准了节奏,依然活跃在舞台上，证明了"挺住的人生"。为了激励年轻人，年终秀邀请了一位"90后"访谈节目主持人。没想到，这位年轻人与"70后"来宾在交流中发生了激烈的争执，甚至从语无伦次发展到了人身攻击。来宾则劝告年轻人不要过于冲动，要沉住气，岁月的磨砺会让人变得更加沉稳。

愤怒的本质是对自己无能的控诉，它帮助我们直面内心深处的自卑或傲慢。"90后"主持人与这位来宾的争论，让我们反思：在愤怒的时候，我们是否看到了自己的自卑？在与他人分享观点时，又是否意识到了自己的傲慢？自卑与傲慢这两种人性中的阴暗面，都值得我们花时间去观察、揣摩和觉知，从而将其转化为内心的力量。

最近，这位来宾的演讲次数越来越多，似乎自带"演讲氛围"，无论是在某知名企业的活动中，还是在自己的视频号里，他的演讲都引发了热烈反响。他再次走红，也带动了他书籍的畅销，同时也吸引了更多的人参与他的演讲课程，提升了品牌知名度。我们再次见识到了他出色的心力与实力。这让我想起稻盛和夫先生曾经说过,如果用坐标系来描述人生,X轴代表业力,同时代表时间,Y轴代表愿力。小时候,我们愿力很小,受业力影响很大,无法决定出生的环境、父母的身份以及接受的教育,那时我们处于人生抛物线的底端。随着年龄增长,凭借主观努力,我们可以发挥愿力,逐步改变命运,摆脱业力的束缚。然而,人生的最后阶段仍然要回归业力,使人生的轨迹形成一个抛物线。那么,让我们在中年时期,心力承载愿力,尽可能高飞吧!

我们这一代人经历了心智的蜕变,明白很多事情都是因果相连的。在这样的认知下,我们能够面对、接受、处理和放下一些人和事,最终留下来的,都是精华与本质。让这些精华和本质在心中生长出多维度的确定性,让我们的心力与体力充盈,勇往直前,低调而又谦逊地追求卓越。心力足够,才能拥有强健的体魄、不屈的毅力和不懈的勤奋,从而能够承受生活的考验。电视剧《繁花》中,饰演李李的演员在采访中说,导演跟她说了这样一句话:"我想要拍的不是一个爱情故事,也不是一个单纯的商战故事。我要拍的是一个江湖,我希望你身上要有侠气,你的眼神要像刀一样。"一流的红尘高手,永远在修炼内在的热情和心力状态,这才是真正的硬功夫。

心力是什么? 它是愿望、境界,是文化积淀、人生阅历和天赋才华的汇聚。我们应该珍惜身边那些拥有心力的伙伴,尽量用宽容和不计较的态度与他们相处。正因为他们的存在,我们可以更好地发掘自己内在的潜能和力量,在穿越黑暗的洞穴和隧道时,他们会支持我们,给予我们力量,带来和谐与平衡。毕竟,生命中那些让我们牵挂,令我们展颜,使我们安心的存在,都是心力最美好的来源。

面对未来众多的不确定性,心力赋予我们勇气和自由,让我们满怀希望地去全力探索未知的世界。

要理解和通达这个世界，我们需要凭借一些方法，有普通方法，也有"超级方法"。就像你可以选择拨号上网，也可以用 5G、Wi-Fi，而这几种上网方式所带来的信号强度和体验效果是不一样的。普通方法往往依赖于实验验证、运算推导，而"超级方法"则与之不同，它就好比是左脑逻辑和右脑直觉的和谐共舞，或是火星人的理性分析和金星人的感性洞察之间的奇妙碰撞。

我的一个收藏家亲戚说过："如果你安静下来，那么你可以用自己的方式去感悟几乎所有的东西。"我们曾经一起去北京的中国美术馆看唐宋书画展，在其中看到了苏东坡的真迹。我向他请教应该如何欣赏这些美妙的书法。他说："当你面对一幅大型卷轴作品的时候，最好找把椅子坐下来欣赏。坐下来以后，你首先要忘记这幅字画值多少钱。很多人一看到是古代字画，第一反应就是拿去拍卖行估个价。接着，你要忘记作者是苏东坡。因为一想到苏东坡，脑海中就会浮现出《水调歌头》《赤壁赋》，影响你的欣赏。最后，你要忘记这幅书法作品中每个字的含义。你要专注于笔触，观察它如何行走，体会哪里顿了一下，哪里提拉了一下，哪里有所回转。当你领略到这些笔触间提拉和顿住的韵味时，就可以感受到一种宛如呼吸的节奏，这就是字的气。认真揣摩这气，你会发现自己不是在看字，而是在全神贯注地与作者写这一幅字。所以，你也能沉浸其中，仿佛这幅字是你亲自写出来的。"

我想，这或许就是欣赏书法的"超级方法"。我们在欣赏书法作品时，不仅要看字的形，更要看它的气，要看出字背后的气量。我仿佛明白了为什么那么多书法家能够长寿——因为他们每天写字，实际上是在进行呼吸的调整。他们通过自己的呼吸调控内在节律，将心念和冥想注入笔端，从而汲取天地间的灵秀之气。书法家的创作，如同做一套心灵的艺术体操，就像打太极拳,起手式和收手式全都要合于节奏,身心全然沉浸于气脉的流转之中,这便不是普通的方法。

"超级方法"不是简单的临摹,而是气韵的领悟;不是推演,而是感应。对于聪明的女性而言,最重要的能力就是感应。在观察一个人时,我们可以不依赖逻辑和分析,凭借一种近乎本能的直觉,洞悉事物的本质。某些女性或许并不具备高学历或强大的分析能力,但却知道如何处理问题。我想,难怪传说中的巫,很多都是女巫。她们似乎能够随时与任何东西建立联系,听起来似乎有些神秘,但实则与星巴克创始人舒尔茨在他的书《将心注入》中所阐述的理念不谋而合。做咖啡时,他强调要全身心地投入,打开每一个毛孔,去细细品味空气中弥漫的咖啡香味。这不仅是对咖啡的热爱,更是一种对生活的深刻感悟和细腻感知。

　　小说《繁花》自 2013 年出版以来，经历了一个又一个传播小高峰，终于迎来了一次传播大高潮。2024 年初，同名电视剧在各大电视台和视频平台上映，各地又掀起了"《繁花》热"，然而，人们的关注点正在从男主角阿宝，逐步转向他身边的女性角色。她们鲜明的个性和各自的命运，生动诠释了独立之美与时代之光。

　　李李是黄河路至真园的神秘女老板，一出手就是几千万元的汇丰银行存折。她能力超群，曾连续三年成为深圳证券交易所手速最快的交易员，还是传奇人物 A 先生的得意门生。当至真园遭遇围攻时，她没有方寸大乱，而是咬紧牙关想办法，努力寻求破局之道。为了保护自己和阿宝的利益，她不惜冒险挑战权势，展现了强大的勇气与高超的智慧。

汪小姐以一句"我是我自己的码头"引发了无数女性的共鸣。她既温柔体贴，又精明能干。为了洽谈牛仔裤生意，她独自开车去深圳，尽管迷路、被抢劫、成本翻倍，也无法阻挡她对成功的追逐。最终，她不仅成功谈下了这笔生意，而且意外迎来了外汇大涨，成就了行业传奇。

玲子则以一句"只要我想，就可以将夜东京开在每个城市，做全世界的老板娘"展现了她的豪情。爷叔说，在上海做生意讲究噱头，玲子在夜东京重新开业之前就做足了噱头。夜东京开业的火爆现象生动体现了她对商业的独到理解与精湛技巧的运用。

财富的积累不仅源于个人的努力，还深受时代红利和个人选择的影响。运气、意志、选择、努力、贵人，构成了一个不可分割的素材包。这些女性的魅力，表面上看似与身材、长相有关，但更深层次上则体现在她们由内而外散发的气质、优雅的言谈举止以及经济基础赋予的自信和从容。她们擅长与他人交往，讨人喜欢，懂得成人之美和互惠互利。同时，她们具备转化力、切换力，能够灵活应对变化，善于辩证思考。这种旷达之心的底层逻辑，正是回归"无心"，是一种从无到有、不断创造的能力。

除了财富的独立，情感的独立同样重要。内心缺乏爱的女性，渴望在亲密关系中获得填补，容易遭受爱情的苦。她们可能过度将重心放在爱情上，缺乏时会感到渴望，拥有时会依赖，失去时则痛苦不堪。她们的全世界仿佛只有爱情一件事情，就像被困在城堡中的公主，幻想着白马王子来拯救自己。然而，在现实生活中，白马王子往往是不存在的，真正存在的是未处理好的情感创伤，以及源自原生家庭或潜意识的信念。如果不去疗愈这些创伤并畸形成长，她们将始终陷入对男性的情感依赖之中。因此，我们要把自己生活的愉悦感和成就感分散到多个领域，这样才能避免在爱情中受伤，让每一个踏入你生命中的男人，都成为你人生旅途中的助力，而非带来伤痛的源头。换句话说，情感的独立是实现自我价值与幸福的关键。

在审视生活种种时，随着我们观察的周期不同，心态和视角也会随之变化，而物质和精神能量的流转机

向美而生

制也在不断调整。当以一生为周期时，我们能够看到时代和人性的演变，感受到其中的规律。当以十年为周期时，我们会发现常识与规则的变化。当以三年或五年为周期时，我们能够体会胆识与眼光的重要性。而以一年为周期时，我们会更加相信天赋与能力的影响。如果将视角缩小到以天为单位，我们往往会感到迷茫，难以察觉变化，寄希望于奇迹和运气。放下对每个时间段得失的执念，甚至放下对自己人生细致规划和进度追踪，我们就能更深刻地领悟老子所说的"势"和"道"。

古往今来，中国式的成功者往往分为两类，要么是极端聪明的"学霸"，要么是成绩很差且调皮捣蛋的"学渣"。他们的共性在于不信权威，也不拘泥于规矩。人生如风，不必畏惧高山，翻过去就是了。不要斤斤计较，关键是去追求整体的满足感与快乐心情，偶尔的失落与失败并不重要。高效的人往往有着相似的特质，他们理智，而非情绪化，心智清明，内心稳重，能够面对更大的挑战。

一位著名导演曾多次经历职业生涯中的低谷，谩骂和指责伴随了他的创作生涯。然而,他从来不为自己辩解,也不与他人争辩。面对争议,他始终选择沉默。他曾说:"解释只会让你停留在原地,在泥浆里滚来滚去。你认为是解释,别人认为是把戏。凡事你一开始解释,就会被困在时间的墙壁中,无法前行。这样的回应只会让你的行动变得迟缓,言辞也成为新的攻击目标。要想向前走,就不要去解释。"

这一席话让我们看到了这位导演的处事智慧。在这个快速变化的时代,拥有高能量和才华的人才更容易实现人生的价值。一位年轻演员倡导一种宁静的生活方式:一炷檀香、一壶清茶,笔墨相伴。谁的生活不是一地鸡毛,只不过有些人忙着拍鸡毛,有些人离开了那堆鸡毛。另一位演员生动地诠释了聋哑人角色,能够以素颜接受采访,自信和真实是这个年代所推崇的品质。内心真正强大的人不需要外饰,其身上亦不会留下过分追求名利的痕迹。

独立之美,并不依赖于相貌,而是源于内在的能量与卓越的才能。这样的魅力犹如绚烂的万花筒,能够有效地吸引并融合多样的资源与能量,相互映照、共同发光。

失去 VS 抓住

　　最近看书，我记住了一句话："圣人忘情，最下不及于情；情之所钟，正在我辈。"我们所爱的人和事，实际上都是我们内心的投射。今天的我们比大部分古人更自信，我们允许别人做自己人，也允许自己做自己，超越时间与境遇，以理性去面对自己。

　　经历了无数艰辛岁月，我们失去了许多，但东方明珠变得更加挺立、通透。社会的逻辑已经改变，个人的思维也要随之调整。人生处于大小周期之中，要正视这些周期变化，踩准节奏，尽量精准地摒弃与抓住。丰子恺的几句话很是贴切：

　　　　走正确之路，放无心之手。

　　　　结有道之朋，断无义之情。

饮清净之茶，戒色花之酒。

开方便之门，闭是非之口。

晓梦如尘，生命如露，转瞬即逝，灿烂中藏着生命的哀怜。在岁月的流转中，我们都曾失去很多东西：爱情、金钱、友谊……突然间，我觉得，如果这一切都不曾失去的话，可能会让我更加焦躁、抓狂。因为，那些失去的爱情与友谊，早已不再是当初的模样；而失去的金钱则让我明白，金钱是我们对这个世界认知的正向反馈，那些失去的财富，实际上是对我们认知不足的补偿。

我们在失去的同时，能够抓住的东西却很少。每当我们试图紧紧握住时，却常常发现那正是失去的开始。我们不必过于患得患失，应该依靠吸引而非控制。我们不必温柔似水，但要守住内心深处的坚强与自洽。总会有人穿越茫茫人海，被你吸引，来到你身边，有人陪伴固然是好事，但中途有人离开也是正常的。在岔路口时，我会说："等林芝桃花盛开的时候，我会去，如果你来，我们就喝一杯，如果你不来，我就让风吹了桃

向美而生

花的清香给你。"缘分来时,就请尽情享受;缘分走时,我们尽管各自赶路,剩下的交给机缘巧合。你抓住过风吗?但你被风拥抱过,这就足矣。

人生就是一个复合体,经历了许多,才发现并没有完美可言。在阴阳黑白之间,存在着许多灰色地带。我们不应固执地只想着抓住自己喜欢的东西,有些"不得不"也是动力。例如,养育孩子让人变得坚韧;未竟的事业、未完成的书稿和志向,都能激发出无穷的力量。不要固执地只相信自己认为是真的东西,生命处处有漏洞和空缺,不要让它成为万丈深渊。当我们将矛盾、困惑和难题,以及二元对立的东西做出自己的新理解时,就会迸发出新的可能。我们要努力去抓住这些,才能更接近内心的智慧。

全面健康

作家冯唐曾说:

我到底喜欢什么样的女生?我发现,我四十岁之前和四十岁之后的答案并不一样。

四十岁之前，我的心智基本还是个少年，最喜欢爱笑的女生。女生一笑，她的脸就像枝头上的花开了一样，就像云里的月亮露出来一样，就像大地上的草绿了一样，挺骚。四十岁之后……越来越喜欢不挑我毛病的女生……再往深了想，四十岁之前和四十岁之后喜欢的女生，不变的是什么？爱笑和不挑毛病的女生的共性是什么？是健康，是全面健康。

什么是全面健康呢？第一，身体健康。身体健康是其他健康的基础。女性的美丽不仅体现在外貌上，更在于眼中的光芒和气场的强大。第二，智识健康。这包括：学习能力、洞察能力、分辨能力，看得到常人容易忽略的细节，想得到常人常想不到的要点。面对复杂问题能厘清思路，形成可靠的假设，并明确下一步的行动方向。第三，情感健康。与男生相比，女生似乎更容易受到情绪的影响，过度情绪化不一定是健康的表现。第四，精神健康。女性往往能够深刻体会到生命的苦涩，感知到一种深邃而温柔的力量。珍视这些柔韧,它比山川更为恒久,比诗歌更为动人,它蕴含着无尽的韧性与深度。我们应努力追求身体、智识、情感和精神的全面健康,成为更加完美的女性。

高能量独处

我们穿越茫茫人海,只为寻找并踏上自己的征程。低能量的社交,远不如高能量的独处。如果我们每时每刻都充满紧张和刺激,脑力和精力都跟不上,那么我们往往会选择路径依赖,沿着最稳妥和安全的路走下去,但这不能收获惊喜和成长。

无论是虚拟世界还是现实世界,静谧似乎逐渐成为稀缺资源。我很欣赏爱种地、种花的人,他们可以在土地上汲取能量,无须与他人产生强烈的情感共鸣。人与人之间,求太多的同没有必要,存太多的异会导致破裂。在情绪如潮水般汹涌、流量至上的时代,情感往往无处安放。所谓养生养心、洗身洗心,都是生命在追求一种"想象性的慰藉"。面对顽疾和长痛,人们需要寻找逃离规则的途径,寻找疏离感和幸运。

阅读同样是一种高能量的独处,它能带来审美的力量，教会我们如何与自己对话。深入研读经典并不会让人变好或变坏，经典的真正意义在于帮助人们善用自己的孤独。我在阅读《论语》时，最喜欢想象孔子在大树下讲课的情景。当有人想要害他时，树被砍了，他却安然无恙。他说："天生德于予，桓魋其如予何？"我终于明白了孔子所说的"仁"是什么。仁就是最坚韧的东西，是不会随任何东西，包括时间，而流走的东西，是一种永恒而深沉的爱。因此，能够长久地爱人、全心付出而不计较的人，才是真正的仁者。内心的哀伤和抱怨，似乎已融入了日常生活之中，然而，我们能否寻得转机，实现自我超越，这将决定我们人生的不同走向。

微笑示弱

人有弱处，必有深爱。这种弱，或为爱物成癖，而形成的弱点；或为放下执念时，坦然与柔软后的自爱之心；抑或是一种示弱，用真诚去触碰他人、拥抱世界的爱之力。我们要更多地接纳自身的无知和弱点，保持微笑，因为微笑是无尽的包容。唯有如此，我们才能不被外物伤害，也不被自己束缚。

生活如同一部连续剧,过去承载着未来,未来又是过去的延续。在生活中,没有任何事物是绝对稳定的。我们应适时微笑示弱,读书保平安,事业保心力。才华不过是这个世界的基础配置,而人生则需要更多的新意。要以柔弱胜刚强,谦虚地与规律合一,才能积攒足够的势能。钱是势能,爱是势能,自由也是势能,只有势能充足,我们才能身心合一,化险为夷。

　　人与人之间是一种多元化的交织关系，既包括按需匹配的互动，也涵盖跨越时空的能量交流。在文艺作品中，大女主的形象生动多样，但她们往往有着一些共同的特质。

　　电视剧《风吹半夏》中的女主角半夏，美好、质朴、热烈，红唇卷发加上墨镜，既飒又酷，既能自我愈合，又能温柔对人。与此不同的是，原著中的半夏是个胖子，也不漂亮。颜值和奋斗常常是大众审美的焦点，而电视剧为了迎合审美标准，削弱了原著中女主角的复杂性。

　　半夏的妈妈在生她时难产而亡，爸爸就给她取名"半夏"，意指她如同一种中药，生的时候有毒，熟了就是药。电视剧开头的半夏，情感经历已然丰富，早已看透人际关系的周期性。她明白要保持自己的新鲜感和奋斗感，创造出属于自己的"代表作"。女强人的人设一旦确立，各种磨难便接二连三，困坐愁城也是必然的。各类男性角色，包括"渣男""暖男"、伙伴和英雄等都将相继登场。在奋斗的历程中，半夏能团结一切人，甚至是那个曾将她打成重伤的前夫。

在自立自强的人面前，苦难永远不会被浪费，而是变为孕育新世界的肥沃土壤。在阶段性困局甚至死局面前，半夏永远在挖掘出路和生机。当她与另外四个男人组团去俄罗斯收购废钢，却发现被骗之后，其他人纷纷撤退，唯有半夏坚守。因为她压上了身家性命，冒险投入这项工作，她不可能轻易放弃，必须想新的方法。独自留在俄罗斯的半夏再次遇到了骗子妮娜。事情变了！妮娜说，她有个舅舅在黑海附近有废钢可以出售，半夏可以向她舅舅买废钢，最终半夏成功地买回了五万吨的便宜废钢。然而，回国后，她因为税务问题而面临牢狱之灾，接着全球钢价跌了，手里的囤货也遭遇了亏损。

有时候，人只能依靠天命。背负巨额债务，半夏的身体瞬间崩溃，各种债主开始追债，她的生活进入了极限考验模式。她不得不盘活了自己的所有"存量"……八个月后，钢价恢复，半夏赚到了第一桶金。创业充满刺激，半夏发现自己始终身处一个环环相扣的局中。局越大，环越多，如果没有走一步看两步的能力，就无法应对挑战。半夏的事业能够成功，其实都基于特定的人缘。这种人缘和机会，往往具有特别的联系。你永远不知道自己为什么就走上了某条路，但一旦踏上，就会不顾千难万险，尽管没有详细的规划。

名著《百年孤独》中的乌尔苏拉是布恩迪亚家族的女主人。她集贤惠、勤劳、热情、开朗和智慧于一身，是一个充满魅力的女人。她年轻时期是一位"侠女"，随着时光的流逝，逐渐成熟，成了家族传承的重要支柱。乌尔苏拉凭一己之力维持着这个大家族的秩序，她努力做工赚钱，一点点积累，最终形成了巨大的家业。她包容丈夫时时头脑发热的新奇尝试；倾心于一代又一代子孙的前途和婚事。随着岁月流逝，她渐渐衰老，但老而坚韧，越发智慧。

当一百多岁时，她已经目睹了七代人的生死。晚年的她仿佛成了最后一代子孙的玩物,命运似乎在惩罚她。然而,虽然眼睛失明,她的内心却愈加明晰,依然敏锐地感知到家族的衰落,并努力挽救这个濒临崩溃的家族。

> 男人开创世界时,女人援助;男人蛮干乱闯时,女人阻止;男人停止不前时,女人继承;男人退缩逃避时,女人支撑。

这是对乌尔苏拉的真实写照。衰老只是一种自然现象,身体上的失能只是时光的印记。这样的女性值得敬佩。

从半夏到乌尔苏拉,她们的世界里,事业和家族传承是实线,感情是虚线。她们都拥有强大的内心和出色的解决问题的能力,其他的人、事、物都是她们的助力。一个顶级大女主的魅力绝不仅仅依靠倾城倾国的容颜,因为再美丽的盛世容颜也躲不过岁月的侵蚀。大女主的吸引力与外貌、年龄并没有直接关系。你再看看现实世界的大女主们:世界首富的女朋友是一位五十多岁离过婚的女人,却依然备受宠爱;法国总统马克龙的太太比他大了整整二十四岁,却被他称为"人间极品";美国传奇夫人杰奎琳,尽管五官长相并不完美,曾被嘲笑长得像外星人,但她先嫁给了美国总统肯尼迪,后又嫁给了希腊船王⋯⋯从这些相貌普通的大女主身上,我们可以发现她们都拥有惊人的共同点,使她们无畏岁月的流逝,依然绽放出迷人的魅力。

第一,控制炫耀的欲望。炫耀除了给你拉仇恨、惹麻烦,恶化你与别人的关系之外,没有任何的好处。要相信,如果你真的很厉害,别人一定看得出来,而不需要你通过炫耀来证明。保持低调、沉默、稳重、谦虚和自律,才是明智的选择。

第二,无论昨天发生了什么事让你感到痛苦,你都要懂得控制自己的情绪,先缓和情绪,再解决问题。很多时候,别人可能故意激怒你,让你恼羞成怒。一旦情绪失控,思维就会模糊,容易犯错,最终导致失败。

第三,慢慢说话,语速不要太快,要慢条斯理,给人一种运筹帷幄的感觉。急事慢慢说,重要的事谨慎表达。同时,走路要步伐坚定,举止稳重,让别人感受到你沉稳的人格魅力，这样才能对你建立信任。

第四，遇到无良之人别计较，遇到破事别纠缠。既然改变不了无良之人和破事，那就调整自己的心态。不要纠缠不清，及时止损是明智之举。

第五，不要依赖任何人。我们有值得信赖的亲人和朋友当然是好事，但是不能演变成过度依赖。习惯依赖他人可能会导致在需要独立面对挑战时退缩和感到恐惧。因此，从一开始就要培养自己的自主能力。

第六，不要急于求成，欲速则不达。无论是做人还是做事，最重要的是厚积薄发，能够耐得住寂寞，才能在时机成熟时享受成功的喜悦。

这样的大女主才真正体现了女性独特的价值与魅力。

"寿"是东方文化中最令人欢喜的吉兆之一。随着现代医学的发展，人们的寿命越来越长，发达地区的人均寿命已接近八十岁。古话有云："人到七十古来稀。"这就好比一座大厦，原本图纸上画着七十层，现在居然可以多出十层，建筑面积一下子涨了不少，可以从容地安排更多的房客。联合国将青年的年龄上限改为四十四岁，这对每个人来说都是个极好的消息。

在生活中，我们已经尽可能地把青年阶段无限延长。年轻时的我，不愁吃穿，青涩冲动，目空一切，有着一目十行的好记性，还经常受到老师的表扬。回首过去的几十年，尽管经历了许多快乐之事，但那段无怨无悔的青春再也无法重来。

如今的我，正处于中年。这个阶段，不再是豆蔻年华，承载着太多责任与期待。我常常感到颈椎的酸痛，当我眺望前方的风雨时，不知还有多少挑战在等着我。晨起后，我的背部微微僵硬，但庆幸自己依然能通过弹跳来缓解。尽管生活中有着各种不如意，思前想后，我依然要努力，想尽一切办法去把我的中年拉长，因为这是我人生中最勇敢的阶段。

灰烬是最好的养料

中年的我们，依然充满生命力和想象力，同时也开始慢慢地探索人性。电影《消失的她》让我们更加明白：人生总有一些预设，等待我去参与。女人是一种敏感的生物，常常在一念之间感受到灵性，并将其冠以"似曾相识""我好像认识你"以及"命运"等标签。需要注意的是，灵感和喜悦既可以带来创造，也可能带来毁灭，因此具备"双刃剑思维"是中年人面对生活时必不可少的能力。女主人公的固执和热情贯穿于她人生每一个项目、事件，她积极探索前所未有的机遇，享受脱离日常的美丽转折。然而，这同样是一把双刃剑。那些悲欢离合在某种程度上是人人均等的，我们不该心存侥幸。

观看《消失的她》就决定不婚不育，这未免太脆弱了，"凑热闹"是做不成事的。世间万事不能简单归因，真正考验一个人的关键在于他能否积极整合正面价值和要素。要学会爱自己，拒绝"恋爱脑"，不要在亲密关系中企图改变、塑造或救赎他人。正如阿伦·瓦兹说的，"要'拥有'流水，你得解放水，让它奔流"。我们青年时期寻找爱情与归属，而中年时期，才开始学会寻找真正的自己。不要因未找到爱而迷失自我。男女之间，那些感动的背后，可能隐藏着未来无尽的冷淡。因此，人生应由自己去创造感动，而不是依赖他人给予感动。

好园丁都知道，灰烬是最好的养料。如果在前半生经历了迷茫与挫折，只要命还在，就要努力活下去，驱散内心的迷雾，真正的自我便会显露出来。这样，我们便能以清醒、果断、从容的姿态，迎接后半生的美好。孤独应通过探索更广阔的世界来缓解，而不是过于依赖亲密关系；风险则需用理性定期评估和分析，远离那些过度消耗你能量与资源的人和事。

行走中的激素

中年女性的状态,其实主要受到三种激素的影响:雌激素、孕激素和睾酮。雌激素不仅维持了女性的浪漫气质和身体曲线,还使得女性更愿意照顾他人;孕激素则在放松精神、确保良好睡眠和避免水肿方面起着重要作用;而睾酮则对维持肌肉量、增强决断能力和提升欲望至关重要。

在年轻的时候,我们被雌激素驱动着,经历了爱情与生育,而当雌激素分泌减少时,四十岁左右的女性会发现自己对事业和财富的渴望也在增强,这同样受到生理因素的影响。睾酮促使我们更加积极地追求事业,让女性变得更加坚强和立体。如今,越来越多的四十多岁女性在好莱坞银幕上重现风采,正是因为在 IP 时代,她们的经验和年龄让她们更具价值。

近日,一位男艺人向比自己大十三岁的经纪人求婚,这一消息引发了热议。人与人之间的关系有时候真的很奇妙,相互陪伴能够促进成长。只有当双方在现实中保持长期发展方向一致时,才能建立超越经济利益的深厚联系。激素影响着我们的心态和心境,那么,理想的状态是什么呢?就是与最合适的人共同攀登到更高的境界。人在巅峰时刻,自然会流露出得体优雅,无须刻意追求深刻或难忘。

坚韧与充实

中年的我们更要注意定期锻炼身体。身体变得强壮,内心也不容易疲倦。据说,随着年龄的增长,女性往往在心理和情感上变得更加成熟,这种成熟不仅源自生活的经历,也源自对自我内心的深刻理解。因此,我们需要定期与精神支柱建立联系。无论是古老的哲人朋友,还是现实生活中各领域的朋友。通过研究不同人物的思想与经历,我们可以汲取他们在精神和信念方面的智慧,从中获得力量,从而帮助我们更好地面对生活的挑战。

人到中年,许多人会选择勇敢面对生活中的各种艰难与挑战。然而,我们也要警惕这种战士心态可能导致的"阳光型抑郁",让自己变得更加压抑。因此,活在当下,并且保持平和的心态和坚持全面的方法论尤为重要。尽管风高浪急,但我们不能懈怠,不能停止努力。但同样,我们要避免过于焦虑和苛责自己。环境在变化,我们不必与之抗争,而是要学会给自己一些积极的暗示,让心灵得到放松。人生中总会有起伏,我们需要学会自我疗愈,保持心理上的灵活性,明白健康时要继续前行,受伤时也要学会修复,只有这样才能更好地面对未来。

活到最后,最重要的是追求精神的充实。经历苦难让我们能够从内心汲取灵感、冲动和良知,但同时我们要保持愿意敞开心扉的态度。拉长我们的中年时光,不要只追求玫瑰的华丽,而要像野草一样坚韧,正所谓"野火烧不尽,春风吹又生"。

这个周末，我把爸爸的骨灰撒入黄浦江。当世界破碎的时候，我会想象出一片海，因为那片海承载着爸爸活着的意义。人生还长，最亲的人却已经与我见完了最后一面，人生中最难学习的事情，可能就是告别吧。告别一部放映完的电影，告别那些不堪的经历，告别一些人和事。在佛家看来，告别就是放下，而放下的正是执着。

"天之涯，地之角，知交半零落。一壶浊酒尽余欢，今宵别梦寒。"李叔同的这几句词道出他一生的告别。他与显赫的家世告别。在这个星球上，有超过八十亿条人生道路，能够遇见，便是缘分；余生相伴，才叫难得。不管怎样，我们最终都会分开。我们的父母会离去，朋友们也会渐行渐远。

如何与人告别呢？如果他人是远行，我们要活得精彩，为重逢积攒喜悦；如果他人是离世，我想引用《黄石：1883》的对白：

你爱一个人的时候，你会和他交换灵魂。他有一块你的灵魂，你有一块他的。当你爱的人死了，但是他的一块灵魂还在你体内，他还可以通过你的眼睛看见世界。

这意味着，我们要开心地生活，让所爱的人通过我们的眼睛，感受我们所经历的一切。

因此，我要珍藏爸爸在我心中的那一部分灵魂，让他的风雅在我身上得以延续。风雅并不是沐浴露，倒在身上便能立刻散发香气；它是骨子里透出来的气质，难以磨灭，无法强求。我希望爸爸能够通过我的眼睛，与我一同去探索远方。

远方是什么？是心中延展的铁轨，是那永不回头的浪子，是看不见的岁月与天地。远方既遥远又近在咫尺，它可能是千里迢迢的旅程，也可能就藏在我们身边的某个角落。"华枝春满，天晴月圆"，是最遥远的远方，既艳丽又苍凉。而慢慢爱上一个人、默默思念，天涯海角，才是最近的远方。

这世上，从古至今，有些人如动物，喜欢在漂泊中追寻梦想；有些人如植物，向下扎根寻求归属。航线、铁路和公路让"动物们"的腿越来越长，能够轻松抵达远方；网络、书籍和思考让"植物们"的根越扎越深，延展至更广的天地……有些人上半辈子像动物探索世界，下半辈子像植物探索自我，最终抵达生命的远方。

我们在朋友圈中看到的大多数照片都是关于远方的，远方是人们为自己构建的人设。很多人的远方里充满了对爱情的幻想，但最终发现，大多数爱情没有真正的爱，只有荷尔蒙的冲动。"走心"的爱，往往变成了"走肾"的情。真正的远方，应该是在千里之外运筹帷幄，决胜于无形之中。

在多元文明的社会中，功名利禄并不是每个人都追求的东西。对于物质生活，丰盛有丰盛的好，简约也有简约的美；对于个人境遇，富贵有富贵的乐趣，清静也有清静的安宁。世间万象，只有不一样的颜色，

　　　　　　　　　　　向美而生

没有不一样的结局。

不要问远方有多遥远，而要问自己还有多少美好的光阴。随着爸爸骨灰的洒落，我带着他在我身体中那一部分灵魂，照顾好我这租住了四十多年的身体，一边告别，一边奔向远方……

历史很长，也很短，可以千年，可以瞬间。

远方很远，也很近，可能千里迢迢，也可能近在咫尺。

很多人汇聚在一起，共塑时代的远方。

爱情的远方，是天荒地老，我是垂眉摆渡翁，却独独偏爱侬。

友情的远方，是推心置腹，环游整个星系，没有比你更亮的星星。

亲情的远方，是寸草春晖，你是无意穿堂风，偏偏傲然引山洪。

远方，是看不见的岁月和天地。

远方，是"走心"的爱，亦是"走肾"的情。

远方，是在千里之外运筹帷幄，决胜于无形之中。

远方，就是真正的自己。

后记

在我们的宗族姻亲关系中，沈从文先生是京派，周有光先生是海派，他们都写过很多不朽的文章。然而，我既不是文学创作者，也不是学术研究者，能够将《向美而生》这本书顺畅地呈献给大家，离不开众多师长的帮助。

感谢出版社如期顺利地将拙作通过各个渠道呈献给读者。

感谢当代艺术家陈澈老师，他的创作让我的平凡文字散发出光芒。

感谢雪乔老师，她的团队始终如一地帮助我进行校对和润色。

感谢为我写序的胡建明老师、钱旭东老师、陈华真小姑。在与他们的沟通中，我获得了诸多人生智慧，他们的序为拙作增添了巨大价值。

感谢王雯倾女士，她慷慨解囊，支持传统文化教育和传播事业。

感谢家父陈致远，尽管我们只做了一世父女，但这段关系让我感到三生有幸。

感谢每一位在我生命中出现和即将出现的人，因为所有的相遇都是久别重逢。

感谢所有购书的读者，与你们的交集是我最大的快乐，期待收到你们的建议和指正，让我不断成长。

"所有的客观都是主观，所有的意见都是偏见。没有更好的理解，只有不同方式的理解。"接近尾声时，我猛然发现，我所依赖的语言，难以与心灵完全契合。在日常生活中，我愈加发现，言不由衷或词不达意皆为常态。我们每个人都有局限性，这正是人类固有的特征。你坚持你的，我坚持我的，若想要融合，首先必须跨越这些局限。

仅以此拙作和一颗澄澈的心，与读者共勉。希望我们能修身利人，在熟悉而单调的生活中发现新事物，增强哲学思维的转化能力，勇敢地与当下深度联结。

　　我们都是历史的过客，是世间的行人。剥去世间的光怪陆离，让我们去看见亘古不变的东西——真、善、美。

文艺新实力
NEW FORCES OF LITERATURE

已出书目：

《荼洲记》

《如在》

《小小悲欢》

《县联社》

《在这疾驰的人间》

《行囊里的旧乡》

《地气氤氲》

《古玉生烟》

《磐安之往——两宋时期的士人与世相》

《槐乡偶书》

《向美而生》